中华优秀传统文化是炎黄子孙共同的精神家园

李清照诗文词选译

平慧善 译注
马樟根 审阅

古代文史名著选译丛书

（珍藏版）

主编 章培恒 安平秋 马樟根

凤凰出版社

图书在版编目（CIP）数据

李清照诗文词选译 / 平慧善译注. -- 南京 : 凤凰出版社，2017.1
（古代文史名著选译丛书 : 珍藏版 / 章培恒，安平秋，马樟根主编）
ISBN 978-7-5506-2480-1

Ⅰ. ①李… Ⅱ. ①平… Ⅲ. ①宋诗－诗集②宋词－选集③古典散文－散文集－中国－宋代 Ⅳ. ①I214.412

中国版本图书馆CIP数据核字(2016)第257395号

书　　名	李清照诗文词选译
主　　编	章培恒　安平秋　马樟根
译 注 者	平慧善
责任编辑	樊　昕
装帧设计	姜　嵩
出版发行	凤凰出版传媒股份有限公司 凤凰出版社(原江苏古籍出版社) 发行部电话025-83223462
出版社地址	南京市中央路165号,邮编:210009
出版社网址	http://www.fhcbs.com
照　　排	江苏凤凰制版有限公司
印　　刷	苏州市越洋印刷有限公司 苏州市吴中区南官渡路20号　邮编:215104
开　　本	850×1168毫米　1/32
印　　张	5.125
字　　数	106千字
版　　次	2017年1月第1版　2017年1月第1次印刷
标准书号	ISBN 978-7-5506-2480-1
定　　价	25.00元

(本书凡印装错误可向承印厂调换,电话:0512-68180638)

目　录

前 言

李清照，号易安居士，是我国十二世纪著名的女文学家。宋神宗元丰七年(1084)，她出生在我国北方著名的泉城济南柳絮泉畔的一户书香人家。父亲李格非，字文叔，是一位闻名齐鲁的学者，为人正直，崇尚气节学问。李清照从小受到父亲思想品德、学术修养的影响。十七岁前写的《浯溪中兴颂诗和张文潜》二首，已使她"自少便有诗名"。

李清照生活在北宋后期、南宋初期。这是一个政治腐败、党争激烈、汉民族遭受灾难的动乱时期。靖康之乱前后，李清照的生活有巨大的变化。乱前，幸福美满；乱后，饱经忧患。徽宗建中靖国元年(1101)，李清照十八岁，与赵明诚结婚。赵明诚，字德甫，密州诸城(今山东省诸城市)人，好文学，自幼酷爱金石书画，是北宋继欧阳修之后的杰出的金石学家。李清照是赵明诚的知音和合作者。他们志趣相投，言谈融洽，爱情深沉缠绵，以至不知分离是什么滋味。这期间写的词大多缠绵悱恻，动人心魄。

熙宁二年(1069)，王安石变法，从此在北宋政坛上展开了尖锐复杂的斗争。李格非在政治上站在司马光、苏轼一边，对推行新法有自己的看法。在徽宗、蔡京制造元祐党人案时，李格非因为不肯参加搜集元祐群臣的奏章，罗织元祐党人罪名的材料，而在第二次籍记元祐党人姓名时，被定入元祐党籍。李清照的公公赵挺之，却在这场政治斗争中游刃有余，扶摇直上，一直到副宰相，位极人臣。李清照眼看父亲遭来横祸，满腔愤激，提笔写诗向赵挺之进言，其中有流传至今的“炙手可热心可寒”、“何况人间父子情”的名句。“炙手可热”是气焰盛得可以烫人的意思，原是杜甫《丽人行》中讥讽奸相杨国忠的句子，在此借用，是把包括赵挺之在内的蔡京一伙当作杨国忠之类。从此我们可以看出清照是一位富有正义感的勇敢的女性。

赵挺之为相两年便被罢相，不久客死京都。死后三天，蔡京又大兴陷狱，诬陷赵挺之和元祐党人是一伙，后来因查无实据，风波才平息。政治斗争、宦海风波使赵明诚与李清照越发向往宁静的书斋生活。赵挺之死后，明诚丁忧，便与清照一同回到青州故第。

青州故第真像是世外桃源。晋代诗人陶渊明写《归去来兮辞》表现自己对仕宦生活的厌弃与归隐生活的乐趣，其中有一句“审容膝之易安”，意思是归隐后即使住在仅能容身的简陋小屋里也非常舒服，易于安身。李清照与赵明诚为自己的厅堂居室取名“归来堂”、“易安室”，当亦是同一意趣。夫妻俩决心从此过“归去来兮”的隐居生活。他们专心一意地收集整理金石、碑刻、古书画、古器皿，在清苦的学者生活中，感受到无上的乐趣。青州十二年，他们整理的金石刻辞达两千种之多，辑成三十卷。上自夏周，下至西汉，包罗万象。归来堂中的生活可以说是清照一生中的黄金时代，是这对学者夫妇最幸福的十二年。

大约在徽宗宣和二年(1120)，赵明诚复官，出守莱州，后又守淄州。公职之余，仍和清照整理金石书画。就在他俩潜心学术研究时，发生了靖康之乱，徽、钦二帝被掳北去，北宋灭亡。消息传来，两人惊得目瞪口呆。面对几十年辛苦经营所得的盈箱满箧的金石书画，无限怅惘与依恋。

建炎元年(1127)三月，赵明诚奔母丧，装载书画十五车南下，被南宋朝廷起用，任建康知府。清照留在青州。秋天，发生兵变，清照逃出。后金人攻陷青州，战火把清照夫妇留在青州十余屋的收藏统统烧成了灰烬。建炎三年(1129)八月，李清照遭到更大的打击：赵明诚暴病身亡，随后她自己也大病了一场。金兵南下，建康危在旦夕，清照只得将南下的十五车中的大部分书籍托妹夫先带往洪州。不料，金兵攻陷了洪州，这二万二千卷书籍、画册，一股脑儿如云烟散尽。只有清照病中偶尔把玩的数箧书画"岿然独存"。在清照病体难支，无处投奔时，又遭政治诬陷，说她有通敌之嫌。为了表明心迹，洗刷不白之冤，清照决定把留下的全部宗器献给朝廷。她跟踪高宗逃亡的路线，从建康到杭州、越州、四明、明州、奉化、天台、黄岩，从海路到温州，经衢州、越州，最后回到临安。在一路流亡中，这些"岿然独存"的珍品，有的被官军乘乱劫去，有的被偷去，最后只剩下十分之二三。现传世的《金石录》就是其中残存的部分。

绍兴四年九月，秋高草肥，金兵又向淮河一带骚扰。正如清照在《打马图序》中所记，当时的临安人心惶惶、东奔西逃。清照夹在逃难的人群中，离开临安，乘小船沿富春江而上，转往金华。住了一段时间后，再返回临安。

清照的晚年生活是孤独无靠、寂寞悲凉的。唯一可以使她欣慰的是，《金石录》终于出版了。大约于绍兴二十五年(1155)后，李清照怀着对死去亲人的思念，对故土难归的失望，悄然离开了人世，享年不少于七十二岁。

作为文学家的李清照，诗、词、文、赋都有作品传世。据《宋史·艺文志》著录，有《易安居士文集》七卷，又《易安词》六卷；宋晁公武《郡斋读书志》、明陈第《世善堂藏书目录》著录有《李易安集》十二卷，均不传。流传至今的仅词七十八首（内三十九首是否李作，还有争议），诗十五首、文四篇、赋一篇。其中最能代表李清照的文学成就，并确定她在中国文学史上的重要地位的是词。

李清照的词博采众长，继承了唐、五代词的传统，开初的词作明显地受"花间派"影响，后来逐步形成自己独特的艺术风格。特别是后期写的血泪词篇，在中国文学史上独放异彩。

在李清照词创作的前期，少妇相思是重要主题，并不乏佳作名篇。她的《一剪梅》（红藕香残玉簟秋）、《醉花阴》（薄雾浓云愁永昼）、《凤凰台上忆吹箫》（香冷金猊）等写来不同凡响，耐人寻味，不仅表现了词人超群的艺术才华，而且反映了她对爱情、对生活的真挚执着的态度，不同于浮浅庸俗之作。

伴随相思之作，李清照前期词也不乏惜春悲秋的题材，如《如梦令》（昨夜雨疏风骤），词人对自然界的细微变化，有细入毫芒的体会，表达了对美好事物无比怜惜的美好感情。

值得注意的是，在李清照前期词中，还表现了自己的理想追求。《渔家傲》（天接云涛连晓雾）中大鹏高飞的宏伟志向，展翅万里的浩大境界，跨海浪、渡银河、归帝宫、往三山的非凡壮举，都表现了积极进取的精神。作为一个女词人，有如此豪迈气概，在那个时代是非常罕见的。

李清照后期写的《武陵春》(风住尘香花已尽)、《声声慢》(寻寻觅觅)、《孤雁儿》(藤床纸帐朝眠起)、《永遇乐》(落日熔金)等作品,是一个备受折磨妇女的心灵倾诉。在靖康之乱前,李清照过的是高洁平静的学者生活,她与丈夫赵明诚"食去重肉,衣去重采,首无明珠翡翠之饰,室无涂金刺绣之具"(《金石录后序》),把节省下来的钱购买书画名器,沉醉在金石文物的整理研究中。金人入侵的战火毁坏了李清照静谧的书斋,国破、家毁、夫亡,"玉壶颁金"之诬,只身奔亡,颠沛流离,在民族沦亡的大灾难中,李清照遭到种种打击。经历了一连串的不幸变故后,李清照在抒发个人身世感情的作品中,失去了曾经有过的欢乐明快的调子,有的是无边的痛苦和深刻的忧郁。

应该特别注意的是,李清照坎坷的遭遇是与国家的危亡、民族的苦难联系在一起的。靖康乱后,李清照"飘零遂与流人伍",代表了在民族灾难中阶级地位下降的一部分士大夫阶层。他们与普通人民接近并有相似的命运与共同的愿望。正如十八世纪德国美学家莱辛所说:"那些处境和我们最相近的人的不幸,必然能最深刻地打入我们的灵魂深处。"(《汉堡剧评》)李清照的后期抒发悲伤愁苦感情的词作,拨动了每一个不幸者的心弦。

李清照后期写的词,不仅抒发了个人身世之悲,而且寄寓了深沉的故国之思,表现了李清照的爱国主义感情。如《蝶恋花》上阕:

永夜恹恹欢意少,空梦长安,认取长安道。为报今年春色好,花光月影宜相照。

在这里，长安代指北宋故都汴京。通过梦长安，表现了词人对北方沦陷区的怀念。又如《永遇乐》（落日熔金）一词，曾深深地感动了南宋末年的爱国词人刘辰翁。他受李清照的启发，也填了一首《永遇乐》，序中说："诵李易安《永遇乐》，为之涕下，今三年矣。每闻此词，辄不自堪，遂以其声，又托之易安自喻，虽辞不及，而悲苦过之。"在刘词中像这样标明效法前人的仅此一见，可见这首词的爱国思想感人之深了。

从词史上看，用词的形式表现爱国思想，李清照是较早的一个。

在李清照的词作中，还有一类咏物词。在《鹧鸪天》（暗淡轻黄体性柔）中，词人通过咏桂，发抒感慨。桂花外观并不美，暗淡轻黄，但是本性柔和，情迹疏远，香留人间。词人埋怨楚骚作者不写桂花，发出了"何事当年不见收"的慨叹，这里实际也是词人自己的身世感叹。高洁的菊花、木樨（桂花），孤苦坚贞的梅花等等，或寄寓了词人的身世、感慨，或表现了她对理想、人格的追求。

在中国词史上，李清照是一位抒情圣手、语言巨匠。"词为艳科"，大量的作品写柔情蜜意，离愁别恨，相思苦衷。李清照的多数作品亦是如此，但是李清照写来与前人迥然有别，自出机杼。首先，李清照善于摄取富于特征性的语言、动作、表情来表达人物的内在感情。如《如梦令》（昨夜雨疏风骤）中的人物对话，《蝶恋花》（暖雨晴风初破冻）中的"夜阑犹剪灯花弄"的动作细节，《一剪梅》（红藕香残玉簟秋）中"此情无计可消除，才下眉头，却上心头"的神情描摹，都是入神之句，历来被人称颂。李清照善于创造生动的外部形象来揭示蕴藏的内心世界，如《醉花阴》（薄雾浓云愁永昼)中"人比黄花瘦"这一形象的塑造,又如《凤凰台上忆吹箫》(香冷金猊)中所塑造的凝眸楼头望归舟的思妇形象,凡此种种,都成为词史中的绝笔。

中国抒情诗的传统表现手段之一是借景抒情或情景交融,但是不同的人在运用这种手法时就有精巧与粗拙之分。李清照将情与景的关系处理得非常巧妙。如《孤雁儿》(藤床纸帐朝眠起)这首悼念亡夫的词,将景物与感情交错在一起描绘。感情的发展曲折回环,反复渲染,情景难分。《怨王孙》(湖上风来波浩渺)中,词人用拟人化的手法,使景物人格化,物我得到了很好的融合。

有时李清照也写情与景不协调,用反衬的手法来抒情。如《永遇乐》,开头是"落日熔金,暮云合璧",真是夕阳无限好,而词人却想到自己孑然一身,流落他乡,因而发出了"人在何处"的感叹,景和情形成十分强烈的对比。

李清照善于把抽象的无形的感情具体化、形象化。如写愁,她笔下的愁有长度:"从今更添一段新愁"〔《凤凰台上忆吹箫》(香冷金猊)〕;有浓度:"更谁家横笛,吹动浓愁"〔《满庭芳》(小阁藏春)〕;有形体:"柔肠一寸愁千缕"〔《点绛唇》(寂寞深闺)〕,"独抱浓愁无好梦"〔《蝶恋花》(暖雨晴风初破冻)〕;有重量:"只恐双溪舴艋舟,载不动许多愁"〔《武陵春》(风住尘香花已尽)〕。由于将愁思作了如此生动的描写,于是只可意会的感情变得具体可感了。

铺叙是李清照常用的手法。她的慢词既有丰富的形象,又能充分地表现作者的感情。诸如咏白菊的《多丽》(小楼寒)、《声声慢》(寻寻觅觅)、《凤凰台上忆吹箫》(香冷金猊)、《念奴娇》(萧条庭院)、《永遇乐》(落日熔金),这些代表《漱玉词》艺术风格的著名长调,都以铺叙的手法刻画主人公的心理动态和行为动作，达到了抒情的目的，又叙写了抒情人物。

总之，作为一个抒情大家，李清照创造性地运用了多样化的抒情手段来抒发描绘感情，塑造抒情主人公的形象，达到了出神入化的境地。

宋代张端义《贵耳集》在评论李清照晚年词《永遇乐》（落日熔金）时说："'如今憔悴，风鬟霜鬓，怕见夜间出去'，皆以寻常语度入音律。炼句精巧则易，平淡入调者难。"明代杨慎《词品》进一步评论说："山谷所谓以故为新，以俗为雅者，易安先得之矣。"张端义、杨慎的评论扼要地道出了李清照词在语言上的特色。她的词从字面上看并不深奥，绝无晦涩难懂之嫌，大多数浅显如话，从头到尾不仅没有一个僻字，甚至没有一个难字。词人大胆地把"没个人"、"也则"、"不许"、"将息"、"得黑"、"次第"、"了得"等被当时正统文人鄙视的新鲜活泼的口语词汇吸收进词里来，以浅俗之言，发清新之意，从而达到了翻陈出新、化俗为雅的目的。在李清照前，柳永善用生动的俚俗语言来反映中下层市民的生活面貌，但是提炼不够。有些方言俗语过于俚俗，甚至使人费解。李清照运用民间口语，则是经过精选的，她采用的是新鲜活泼、富有生命力的民间口语，因此人们称许李清照是词的本色当行第一人。

李清照词的语言富于音乐美。词是配合乐曲歌唱的艺术种类，李清照一向重视词的音乐因素。前人评《醉花阴》（薄雾浓云愁永昼）："幽细凄清，声情双绝"（《自怡轩词选》卷二）。《声声慢》（寻寻觅觅）则是公认的具有音乐美的杰作。这首词除大量运用叠字外，有意识地选择了许多齐齿音、叠韵、双声。齐齿音短促轻细，适宜表达凄苦感情，加上许多双声叠韵词，使全词在声韵上十分优美。

含蓄是中国古典诗歌的特点，深沉的思想和丰富的感情让读者自己去体会、联想、补充，因而回味无穷。例如《诉衷情》（夜来沉醉卸妆迟），写的是相思愁苦，但整首词没有一个“愁”字、“苦”字，却刻意写人写景，特别是下片几句：“人悄悄，月依依，翠帘垂。更挼残蕊，更捻余香，更得些时。”实写的是静静的夜、淡淡的月、孤单单的人，却虚含着女主人公十分浓烈、无法驱散的寂寞与愁苦。真可以称得上是“不着一字，尽得风流”了。李清照的词就是这样含而不露，婉而多曲，蕴藉深厚，往往使人“方解其中意，欲语已忘言”。

因为李清照词的卓越成就，人们往往忽视她的其他方面的成就。其实，李清照善属文，又工诗。宋王灼《碧鸡漫志》卷二云：“自少年即有诗名，才力华赡，逼近前辈。若本朝妇人，当推文采第一。”不过现在保存下来的李清照的诗文创作，只是很小的一部分：诗十八首，还有些逸句，文四篇，赋一篇。

在现存的李清照诗作中，《浯溪中兴颂诗和张文潜》两首应是最早的，但已才气横溢，见解较原诗高明得多。《寒夜录》卷下云：“二诗奇气横溢，尝鼎一脔，已知为驼峰、麟脯矣。”《分甘余话》卷二云：“以妇人而厕众作，非深有思致者能之乎！”实是的论。

留传下来的李清照诗的大部分都作于南渡之后，其内容或批判投降行为，或怀念故土父老，或激发民族气节，几乎没有一首是自己身世的感叹。《上枢密韩公、工部尚书胡公》中的古诗，是李清照诗中最长的一首，诗的最后写道：

子孙南渡今几年，漂流遂与流人伍。
欲将血泪寄山河，去洒东山一抔土。

这是多么感人的对祖国河山的深厚感情，气贯长虹的民族豪气！“欲将血泪寄山河，去洒东山一抔土”已成了传世名句。又如《乌江》短短二十字，通过对不肯逃回江东、忍辱偷生的英雄项羽的歌颂，有力地鞭挞了南宋统治集团的逃跑主义与苟安江左的投降主义。“生当作人杰，死亦为鬼雄”，流传八百多年，已成为千古绝唱。

总之，李清照在诗歌中，锋芒毕露，壮怀激烈，慷慨陈词，爱国激情得到了充分的体现。诗人在经历了人生种种打击，晚年成了“流荡无依”的“闾阎嫠妇”后，还唱出了如此激越昂扬的调子，这在中国古代文学史上的女作家中是独一无二的。

李清照的散文虽然留存不多，但就从仅存的四篇也可见她的独特风格和杰出成就，《金石录后序》可为代表。一般书序只写与著作有关的事情，文字往往枯燥乏味，且多谀词。李文却不同寻常，对于《金石录》本身不过寥寥数语，全文以书的得失聚散为线索，写自己的悲欢离合。叙事委曲详尽，抒情语约情深，是一篇文情并茂、辞采俊逸的杰作。李慈铭在《越缦堂读书记》中说：“叙致错综，笔墨疏秀，萧然出畦町之外……宋以后闺阁之文，此为观止。”

李清照在中国文学史上有很高的地位。《雨村词话》卷三云：“易安在宋诸媛中，自卓然一家，不在秦七（秦观）、黄九（黄庭坚）之下。词无一首不工，其炼处可夺梦窗（吴文英）之席，其丽处直参片玉（周邦彦）之班。盖不徒俯视巾帼，直欲压倒须眉。"《云诏集》卷十云："易安格律绝高，不独为妇人之冠，几欲与竹屋（高观国）、梅溪（史达祖）分庭抗礼。又易安词骚情诗意，高者入方回（贺铸）之室，次亦不减叔原（晏几道）、耆卿（柳永）。两宋词人能词者不少，无出其右矣。"李清照的独特的艺术风格，在词史上称为"李易安体"，早在南宋时，侯寘、辛弃疾都有"效易安体"之作。

为了让更多的人阅读欣赏李清照作品，让李清照的作品如涓涓不绝的泉水，滋润人们的心田，我选译了李清照词三十八首、诗十二首、文两篇。除是否李作尚有争议的词、帖子诗及零星诗词句子外，李清照的诗词基本上均已选入。《词论》是李清照关于词的理论批评文章，《金石录后序》不仅有作者自传的性质，而且是一篇优美的散文，两文对我们了解李清照及其创作都是十分重要的，故选入。

解放以来整理出版了三种李清照的集子：一、《李清照集》，中华书局上海编辑所一九六二年初版；二、王学初《李清照集校注》，人民文学出版社一九七九年初版；三、黄墨谷《重辑李清照集》，齐鲁书社一九八一年初版。本书所选李清照原作的版本或依王本，或依黄本。

古籍今译中有不少问题尚待探讨，特别是古典诗词的翻译更是一项探索性的工作。我在翻译李清照诗词时，为自己定下的要求是：一、信、达、雅；二、译出来的是新诗，不仅尽量保持原诗的意境，而且韵脚与换韵悉依原诗。为了翻译与表达的需要，韵部有所变化，韵脚或有增加。究竟做得怎样，殷切期望得到方家与读者的批评指正。

平慧善

词

如梦令

酒兴

这首词大约是追忆少女时代的一次游玩，重在写沉醉后的游兴。溪水清，荷花红，荷叶碧，鸥鹭白，少女的欢笑，水鸟的惊起：一幅色彩鲜艳、生机蓬勃的画面。词人陶醉在新的自然美的发现中。

常记溪亭日暮①，沉醉不知归路。兴尽晚回舟，误入藕花深处。争渡②，争渡，惊起一滩鸥鹭③。

【注释】

① 溪亭：济南名泉之一，临近大明湖。② 争：意谓奋力竞争。刘梦得《大堤行》："日暮行人争渡急，桨声鸦轧满中流。" ③ 鸥：鸥科类水鸟的通称，常见的有海鸥、银鸥等。鹭：鹭科类水鸟的通称，常见的有苍鹭、白鹭等。

【翻译】

暮色中的溪亭，
那情景我常常想起，
个个酒酣笑语多，
连回家的路也失迷。
尽兴地嬉戏忘了时辰，
快快解缆回舟，
却闯进了茂密的荷花丛里。
用力划呀，使劲划，
溪滩上的一群鸥鹭，
惊得扑剌剌飞起。

如 梦 令

春 晓

这是一首惜春的词。女主人原希望以沉醉、浓睡来排遣伤春的情怀，当侍女卷起帘儿时，还抱一线希望，试问一声，正如王了翁所说“一问极有情，答以依旧，答得极淡，跌出‘知否’二句来，而‘绿肥红瘦’，无限凄婉，却又妙在含蓄”(《蓼园词选》)。这首小令的基本手法是通过极其精炼的人物对话，表现各自不同的个性：侍女的粗心大意与女主人的细致入微形成鲜明的对照。“知否？知否？”两句是这首词格律上的要求，但是词人写来十分自然，贴切地表现了女主人婉惜微愠的心情，可谓浑然天成。“绿肥红瘦”语新意隽，脍炙人口。

昨夜雨疏风骤，浓睡不消残酒①。试问卷帘人②，却道“海棠依旧”。“知否？知否？应是绿肥红瘦③。”

【注释】

① 残酒:指昨夜残留的酒意。② 卷帘人:指侍女。当时正在卷帘,故叫卷帘人。③ 绿肥红瘦:肥瘦言多少。指经过一夜的风雨,红花谢落,减少了,绿叶则更显得滋润繁茂。

【翻译】

昨夜,
雨只下了几滴,
风却猛烈呼啸。
酣睡一觉醒来,
酒意还未全消。
探问卷帘的人,
却答:
"海棠花还是照样娇娆。"
"你可知道,
你怎么不知道,
应该是叶儿今更绿,
花无昨日好。"

怨王孙

赏荷

此词描绘了一幅幽静淡雅的秋色图:秋风徐来,水波浩渺,湖上莲蓬老荷,岸边蘋花汀草,经过清露洗润,花花草草显得更加新鲜可爱。词中将自然景物拟人化,赋情予物,充分发挥抒情诗的长处,发挥了图画所不能具有的抒情作用。“眠沙鸥鹭不回头”,通过恬静的姿态表现秋景幽境,更是传神入化。

湖上风来波浩渺①,秋已暮,红稀香少②。山光水色与人亲,说不尽,无穷好。　　莲子已成荷叶老,清露洗,蘋花汀草③。眠沙鸥鹭不回头,似也恨,人归早。

【注释】

① 浩渺:形容水面辽阔。② 红稀香少:指秋花逐渐凋谢稀少。红、香均代指花。③ 蘋花:多年生的草本植物,生

于浅水中。汀：水中或水边的平地。

【翻译】

湖面上风吹来，
水波浩渺，
已是暮秋季节，
红的稀了，
香的也少。
水光山色对人亲，
说不尽，
无限好！

莲子成熟，
荷叶枯老，
清莹的露珠，
洗净了白蘋花、汀上草。
沙滩上，
安眠的鸥鹭连头也不回，
仿佛在埋怨人们，
何必回去这么早。

浣 溪 沙

春 景

此词系惜春之作。上片从春闺藏春写到默默伤春。“闲”、“未”二字，细微地透露出女主人公的心事。第三句通过神态(“倚楼无语”)动作(“理瑶琴”)，含蓄地表现了女主人公的伤春情怀。下片景色描写由远及近。一二句有意荡开，露出淡淡哀愁，介于有意无意之间。第三句使伤春转向惜春，表现了词人眷恋、怜惜与怅惘的复杂心情。沈际飞评曰：“欲谢难禁，淡语中致语。”(《草堂诗余》正集卷一)

小院闲窗春色深，重帘未卷影沉沉。倚楼无语理瑶琴①。　　远岫出云催薄暮②，细风吹雨弄轻阴。梨花欲谢恐难禁。

【注释】

① 瑶琴：有美玉一类装饰的琴叫瑶琴、玉琴。瑶：美

玉。诗中的瑶琴、玉琴并不一定真有玉饰，往往是诗人追求华丽、夸张富贵的一种手法，故理解时不必过于凿实。②远岫(xiù)：远远的山峦。陶渊明《归去来辞》："云无心以出岫，鸟倦飞而知还。"薄暮：傍晚。

【翻译】

窗外闲静，
小院春色已深，
重重帘幕未卷，
黑影沉沉。
倚楼无一语，
且去弹玉琴。

远山云起，
催促着暮色来临，
轻风吹雨，
嬉弄着淡淡春阴。
梨花将凋谢，
恐已难留禁。

浣 溪 沙

本词是词人在寒食节的即景之作。上片写词人梦醒后,看到袅袅的残烟,感受到无所不在的春光,下片写因春光引起的游园意兴。全词六句,写了六个画面,每个画面又都有两三种事物组合。事物虽多,但由于都围绕着寒食节,因而共同组成一幅完整和谐的画卷。全词前后呼应,上下映照,如上下片的户内景与室外景,四五句的动景与静态,淡荡春光的乐景与黄昏疏雨的哀景,结句不仅与暗示时令的首句呼应,而且景中寓情,流露出一股怏怏之情和淡淡的哀愁,构思精巧蕴藉。

淡荡春光寒食天①,玉炉沉水袅残烟,梦回山枕隐花钿②。　　海燕未来人斗草③,江梅已过柳生绵④,黄昏疏雨湿秋千。

【注释】

① 寒食：古代以清明前一天或两天为寒食节，相传为晋文公悼念介之推被火烧死而定。此日禁止烧火，只吃冷食。② 山枕：中间凹下，两端突起的枕头。花钿：古代妇女头面上的装饰。钿：金花。③ 斗草：一种游戏，又称斗百草。唐以前多在五月五日端午节进行，宋人诗词中多写为春日之事。④ 江梅：原是一种野生的梅花，但诗词中用江梅，多泛指梅花。

【翻译】

春光融融，
恰是寒食天，
玉炉里沉香还有袅袅残烟，
梦醒时山枕还掩映着额上花钿。

燕子未来，
人们斗草消遣。
梅花已经开过，
柳枝生出白绵。
黄昏时下起小雨，
打湿了院里秋千。

浣 溪 沙

闺 情

全词写闺情。词中的玉人慵懒不梳，暗示了相思。二三句写景，地下天上，却句句联系人。人儿站立在晚风落梅的庭院之中，仰望云淡月孤的天空，情景相生，更增添离情别绪。下片从室外转入室内，三句词句句写物，却句句有人在。瑞脑将熄，流苏垂落，都表现了那个娇懒的女主人公的心境。“遗犀还解辟寒无”的问话，不仅表明是乍暖还寒的早春季节与夜之深沉，而且从人寒暗示出心寒，点明女主人公对心爱的人的深切思念。本词从外部表现内心，刻画心理含而不露，细致入微，充分体现了古典诗歌的含蓄美。

髻子伤春懒更梳，晚风庭院落梅初，淡云来往月疏疏。　玉鸭熏炉闲瑞脑[1]，朱樱斗帐掩流苏[2]，遗犀还解辟寒无[3]？

【注释】

① 瑞脑：香名。又名龙脑、冰片。② 流苏：用五彩丝线织成的穗子。③ “遗犀”句：《开元天宝遗事》：“开元二年冬至，交趾国进犀一株，色黄似金。使者请以金盘置于殿中，温温然有暖气袭人。上问其故，使者对曰：‘此辟寒犀也。顷自隋文帝时，本国曾进一株，直至今日。’”辟，通“避”。

【翻译】

春天真烦闷啊，
连发髻也懒得再梳。
晚风吹过庭院，
梅花开始凋落尘土。
天上飘着淡淡云霞，
地上洒满月影疏疏。
鸭形的玉炉里，
闲放着瑞脑。
樱红色的斗帐上方，
飘垂着流苏。
早年遗留下来的犀角，
还有没有避寒的好处？

点 绛 唇

闺 思

这首词以抒情开题，以“一寸”与“千缕”并举，极言愁绪浓密，再移情入景，作景语、情语，以雨催花落衬托。下片由表及里，先描摹玉人慵懒形态，再写她的内心愁苦。“人何处”句，情景交融，点明“愁千缕”的原因，道出无限相思。化用欧阳修《踏莎行》“寸寸愁肠，盈盈粉泪，楼高莫近危栏倚”及晏殊《蝶恋花》“独上高楼，望尽天涯路”词句，并巧出新意，不逊名篇。

寂寞深闺，柔肠一寸愁千缕。惜春春去，几点催花雨。　　倚遍阑干，只是无情绪。人何处，连天芳草，望断归来路。

【翻译】

闺房深深，

人儿寂寞独居，

柔肠一寸，
便有愁思千缕。
怜惜春天，
春天又转眼逝去，
催落它的，
是那几滴冷雨。

倚遍栏杆有何益？
总是没情绪。
心上的人儿，
你究竟在何处？
望眼欲穿，
只见连天芳草，
无尽头的归来路。

好　事　近

此词先从室内人的视角看室外景，后写室内景、室内人。首句不写狂风形状，从“风定”写起，善于裁剪。“拥红堆雪”，色泽鲜明，于渲染落花美丽中，流露哀惜之情。众花中独举海棠，不特表明时令更迭，而且感慨花木盛衰，万物兴败，在伤春中暗寓伤情。下片写伤情。室内人用饮酒唱歌排遣幽闷，愁绪更集，青灯明灭，正好衬托幽怨魂梦。啼鴂悲啼，用《离骚》诗意暗示春归，不仅诉出玉人的无限幽怨，而且与上片相应，使全词浑然一体。全词景、物、声、情水乳交融。

风定落花深，帘外拥红堆雪①。长记海棠开后，正伤春时节。　　酒阑歌罢玉尊空②，青缸暗明灭。魂梦不堪幽怨，更一声啼鴂③。

【注释】

① 拥红堆雪：拥：簇拥。红、雪：指代花。② 酒阑：酒残。③ 啼鴂(jué)：亦作鶗鴂、鹈鴂、鷤䳏(读音皆同)。啼鴂即子规，又名杜鹃。《离骚》："恐鶗鴂之先鸣，使夫百草为之不芳。"词中用"一声啼鴂"，表示春天归去。

【翻译】

风停了，
庭花尽凋零。
看珠帘外面，
雪瓣成堆，红蕊层层。
须牢记海棠花开了以后，
正是伤春的时令。

歌声歇，
玉杯空，
酒兴尽。
唯有青灯闪烁，
一点如豆荧荧。
魂梦中的愁怨已经不堪忍受，
更传来一声鶗鴂送春的悲鸣。

一 剪 梅

别 愁

全词移情入景，通过各种景色的描绘，抒发了词人的思念之情。上片写词人独自泛舟，面对红荷香残的秋色，凉意泛起，透露了诗人心境的寂寞惆怅。仰望长空，雁字一行，表现词人对传书鸿雁的殷切期望。下片“花自飘零水自流”，与开头相呼应，又暗寓年华易逝，使身处异地的情人同为忧愁，词人借流水将两人的相思之情连在一起。最后，通过词中人脸部表情的刹那变化，将内心深处无形和无法抑制的情思传神地表达出来。

红藕香残玉簟秋[①]。轻解罗裳，独上兰舟[②]。云中谁寄锦书来[③]？雁字回时[④]，月满西楼。　花自飘零水自流。一种相思，两处闲愁。此情无计可消除，才下眉头，却上心头[⑤]。

【注释】

① 玉簟:像玉一样光洁的竹席。② 兰舟:香木制成的舟。舟的美称。③ 锦书:晋朝窦滔妻苏若兰用锦织成一幅《回文璇玑图》赠窦,故后世以此作为情书的美称。④ 雁字:雁飞行时排列成"一"字或"人"字。雁是候鸟,春去秋来,雁字回时当指秋季。相传鸿雁能传书。⑤ 才下眉头,却上心头:意思是眉头刚舒展,愁思又涌上心头。

【翻译】

红荷凋残香渐消,
竹席生凉秋讯传。
轻轻提起罗裙,
独自登上小舟。
云中传书谁托付?
鸿雁归来时,
月光满照西楼。

花不断飘零,
水不断地流。
同一种相思,
却是两地人的哀愁。
这情怀实在无计排除,
刚拂下眉头,
却又涌上心头。

小 重 山

此词约写于词人居青州时。上片写春晨，初春景象引起女主人公无限思念。描写失神，暗衬着缠绵晓梦，品茶重温梦境，可称"不着一字，尽得风流"。下片写春夜，直抒胸臆。先以三句写初春月夜之幽美恬静，再以"二年三度负东君"作铺垫，已是二年三度辜负大好春光，尝够了离别的苦味，因此词末两句充满对离人归来共享春光的期望。全词以花晨月色为背景，抒发惜春盼归的主题。词中四次重用"春"字，炼字造句大胆。以"压"、"铺"形容花影、月光，无比贴切，不愧大家手笔。

春到长门春草青①，江梅些子破，未开匀。碧云笼碾玉成尘②，留晓梦，惊破一瓯春③。　　花影压重门，疏帘铺淡月，好黄昏。二年三度负东君④，归来也，着意过今春。

【注释】

① 长门：汉宫名，在长安城。汉武帝时陈皇后失宠后，幽居此宫。她听说司马相如擅长写文，于是送给他黄金百斤，司马相如因而为她作《长门赋》，感动了汉武帝，陈皇后复得宠幸。诗中借长门故事，比喻诗人闲居独处。"春到长门春草青"原为五代薛昭蕴《小重山》词的首句，李清照借用得非常恰当。② 碧云：指碧青色的团茶。笼：茶笼。碾：就是碾茶。宋人饮茶，先将茶团碾碎后煮。本句描述碾茶过程。玉成尘：即指碧云团茶经碾碎成细末状。③ 瓯：杯。④ 二年三度：指第一年的春天到第三年的初春，就时间而言是两年或两年多，就逢春次数而言则是三次。东君：原指太阳，后演变为春神。词中指美好的春光。

【翻译】

春天已到长门宫，
春草青青，
梅花才绽开，
一点点，未开匀。
取出笼中碧云茶，
碾碎的末儿玉一样晶莹，
想留住清晨的好梦，
咂一口，惊破了一杯碧绿的春景。

层层花影掩映着重重门，
疏疏帘幕透进淡淡月影，

多么好的黄昏。

两年第三次辜负了春神，

归来吧，

说什么也要好好品味今春的温馨。

渔　家　傲

上片写腊梅，“雪里已知”二句，虚写起笔，描写寒梅的独特形态与品格。以下以梅喻人，运用丰富的想象，形容梅花的娇美。下片写月下赏梅，起笔仍用虚写。“造化”二句，画出月照雪地，一个玲珑剔透、冰清玉洁的世界，此处未点明梅花，其实进一步描写寒梅之美，将雪、月、梅共同配置，衬托梅花的高洁、孤傲，是更高层次的画梅。最后写人雪夜饮酒赏梅，“莫辞醉，此花不与群花比”，与“雪里已知春信至”，“造化可能偏有意”相应。

雪里已知春信至，寒梅点缀琼枝腻①。香脸半开娇旖旎②，当庭际，玉人浴出新妆洗。　造化可能偏有意，故教明月玲珑地。共赏金樽沉绿蚁③，莫辞醉，此花不与群花比。

【注释】

① 琼枝：玉枝，形容梅枝着雪后变白的形状。② 旖旎（yǐ nǐ）：柔美的样子。③ 绿蚁：新酒面上泛起的绿色泡沫，后代指酒。

【翻译】

雪凝大地，
已传来春天的消息。
点点寒梅，
缀满了滑润的琼枝。
它们香脸半露，
娇美旖旎。
当庭玉立，
就好像新出浴的美人刚梳洗。

造物主恐怕也特别有意，
让玲珑的月光洒满大地。
举杯吧，
金樽绿酒共领春梅意。
别怕醉，
别的花可不能同梅花比。

渔家傲

记梦

词人通过舟行大海的奇幻梦境抒发自己的志向。上阕记梦，开头两句由描绘海上景象入梦，接写飘忽回到天宫，开始仙凡对话。“归”字，表现了词人的自负，意为本是天宫中人。又以天帝的关切，开出下阕，反衬在人间的孤独寂寞。下阕连用三个典故。词人答语以求索精神与诗才自负，又借“日暮”、“谩有”，表现悲观迷惘的情绪。接着，“九万里”句振起，表示要像背负青天，志存天地的大鹏鸟一样，乘风高飞远举，奔向理想中的仙境，表现了词人宏大的抱负。

天接云涛连晓雾，星河欲转千帆舞①。仿佛梦魂归帝所②，闻天语，殷勤问我归何处？　　我报路长嗟日暮③，学诗谩有惊人句④。九万里风鹏正举⑤。风休住，蓬舟吹取三山去⑥。

【注释】

① 欲转：描写星河的位置看去好像在移动。② 帝所：天帝居住的处所。③ 路长嗟日暮：屈原《离骚》："欲少留此灵琐兮，日忽忽其将暮……路漫漫其修远兮，吾将上下而求索。"路长：海途漫长，也指人生之路漫长。全句意思是日暮路长，求索无成。④ 谩有：徒有，空有。谓文章无补于用，故有"学诗谩有惊人句"的感叹。⑤ "九万里"句：庄子《逍遥游》中说遥远的北方有一种大鸟，名鹏，"背若泰山，翼若垂天之云"，随着扶摇、羊角飓风而上，能飞翔到九万里的高空。⑥ 蓬舟：像蓬草一般随风而去的轻舟。蓬是一种草，枯萎后，叶随风飞旋，故又名飞蓬。吹取：吹向。三山：传说中的三座仙山，即蓬莱、方丈、瀛洲，是神仙居住的地方。

【翻译】

水天相接，
晨雾蒙蒙笼云涛。
银河欲转，
千帆如梭逐浪飘。
梦魂仿佛回天庭，
天帝传话善相邀。
殷勤问：
归宿何处请相告。

我回报天帝说：

路途漫长呐，
又叹日暮时不早。
学做诗，
枉有妙句人称道。
长空九万里，
大鹏冲天飞正高，
风啊！
千万别停息，
请将这一叶轻舟，
直送往蓬莱三岛。

玉 楼 春

红 梅

本词咏梅。上片先看梅，写红梅的娇美形态。接写问梅，探询先开花的南枝可曾开遍。再由错落有致的景色，滋生遐想：幻梅，幻想梅花蕴含几多情意。下片赏梅、愁梅。“道人”二句，写人儿不倚阑干，极言愁浓。“要来”二句，既道出赏梅的迫切心情，更担心明朝风起损梅，愁梅心情溢于言表。词人不写梅花傲寒，而是写红梅初绽的娇美与情意，忧虑美景不长，艺术构思别出心裁。

红酥肯放琼苞碎①，探著南枝开遍未②？不知蕴藉几多香③，但见包藏无限意。　道人憔悴春窗底④，闷损阑干愁不倚。要来小酌便来休⑤，未必明朝风不起。

【注释】

① 红酥：刚开放的红梅花瓣松柔如酥。琼苞：花蕾像

玉一样晶莹。② 南枝:树南侧的枝条,因向阳,故先开花。③ 蕴藉:含蓄。④ 道人:得道之人,或称僧、道士。此处为清照自比。⑤ 休:语助词,与"罢"的用法相当。

【翻译】

初开梅红柔艳,
引得众花欲绽。
试问幸运的南枝,
你的花儿是否已开遍?
我不知道它包含多少幽香,
只觉得蕴藏情意无限。

春日里窗下有人忧伤憔悴,
愁闷难遣不再把栏杆靠依。
要想饮酒赏花便来吧,
明天未必大风不会起。

满 庭 芳

残 梅

此词系托物寓志，借梅寄愁之作。上片写人。“小阁”三句，写环境之寂静、幽深，皆从“藏春”二字化出。梅为春讯，此处未出梅字，实已写梅。“篆香”二句写时间推移，更显留春之意。“手种”二句，出现梅花，用陶渊明《归去来辞》、王粲《登楼赋》之典，以表现对阁中藏梅之钟爱。言似达观，实际内心未必然。“无人到”三句，便直言孤寂心境，以梅作友，赋诗遣愁，过渡至下片。下片写梅。先极言梅花备受摧残，再以笛子吹《梅花落》曲相伴，渲染愁情，至此人梅难分。接着笔势数转，“莫恨”、“须信道”、“难言处”，描写梅花高傲幽雅的品性，抚慰之情，溢于言表。全词从藏梅、爱梅写到惜梅、慰梅、赞梅，委婉曲折，韵致高雅。

小阁藏春，闲窗锁昼，画堂无限深幽。篆香烧尽[①]，

日影下帘钩。手种江梅更好，又何必临水登楼②。无人到，寂寥浑似，何逊在扬州③。　　从来知韵胜④，难堪雨藉，不耐风揉。更谁家横笛，吹动浓愁。莫恨香消雪减，须信道，迹扫情留⑤。难言处，良宵淡月，疏影尚风流⑥。

【注释】

①篆香：做成篆文形状的香，可燃一昼夜。②又何必临水登楼：暗用陶渊明与王粲的典故。陶渊明《归去来辞》“临清流而赋诗”，写归隐的悠闲生活，王粲作《登楼赋》，抒发愁思。③何逊：东海郯（今山东郯城）人，梁建安王萧伟兼扬州刺史时，何逊在萧伟幕府中，深得萧的信任，在此期间，何逊写有《早梅》。杜甫《和裴迪登蜀州东亭送客逢早梅相忆见寄》诗：“东阁官梅动诗兴，还如何逊在扬州。”李清照用杜诗句，并以何逊自比。④韵胜：谓梅花的风度、风韵超过其他鲜花。⑤迹扫：指扫尽踪迹。⑥疏影：指梅枝。北宋林逋《山园小梅》：“疏影横斜水清浅，暗香浮动月黄昏。”

【翻译】

小阁藏着春光，
窗子静锁白昼，
画堂里无限深幽。
篆香已经烧尽，
日影儿下了帘钩。
亲手种植的梅花多么好，

又何必一定要临水登楼。
这儿没有人来，
寂寞的情景仿佛是，
当年何逊咏梅在扬州。

风韵从来比众芳高出一筹，
却难禁得起风雨摧残搓揉。
又是哪家的横笛，
吹动了一片深愁？
别怨恨香消色减，
须相信，
就是花痕香迹全扫尽，
情意仍然留。
这光景难用语言形容，
美好的夜晚，
淡淡的月色，
稀疏的身影，
依然占风流。

醉 花 阴

重 阳

本题又作《九日》或《重九》。《琅嬛记》卷中引《外传》云:"易安以《重阳》醉花阴词,函致明诚。明诚叹赏,自愧弗逮,务欲胜之。一切谢客,忘食忘寝者三日夜,得五十阕,杂易安作,以示友人陆德夫。德夫玩之再三,曰:'只三句绝佳。'明诚诘之。曰:'莫道不销魂,帘卷西风,人似黄花瘦。'政易安作也。"此说未必属实,但它说明了人们对这三句的高度赞赏。

首两句写白天的愁闷漫长,"佳节又重阳"三句写夜晚的孤独寂寞,"东篱"两句写黄昏后独酌的幽苦。无论什么"赏心乐事",都不能使词人舒心,这就显示出离别愁苦之深重。在层层渲染后,词人正面点出相思销魂荡魄之苦。"莫道"三句描绘形象生动,言情蕴藉,深情苦调,为千古名句。

薄雾浓云愁永昼，瑞脑销金兽①。佳节又重阳②，玉枕纱厨，半夜凉初透。　　东篱把酒黄昏后③，有暗香盈袖④。莫道不销魂，帘卷西风，人比黄花瘦⑤。

【注释】

① 瑞脑：香料，又名龙脑、冰片。② 重阳：阴历九月初九为重阳节。③ 东篱：陶渊明《饮酒》诗："采菊东篱下，悠然见南山。"词中指在菊花旁饮酒。④ 暗香：幽香。词中指菊花的清香。⑤ 比：有的版本作"似"。

【翻译】

薄雾弥漫，
浓云低垂，
怎打发这悠悠白昼？
瑞脑香快烧尽，
只有金兽炉还昂着头。
又到了重阳佳节，
玉枕、纱帐，
半夜的凉气把床上人袭透。

黄昏后，
菊花篱边独饮酒，
花香熏满袖，
阵阵清幽。
别说此景不伤神，
当西风卷起绣帘时，
看到人比黄花还瘦。

凤凰台上忆吹箫

这也是一首抒发离情别绪的名作。全词生动地刻画了一个多情思妇——词人的自我形象。开头六句便描绘出一个事事慵懒的闺中少妇，以“冷”、“翻”、“慵”、“任”几个字将周围的景物都染上无情无绪的精神色彩。接着倒叙离别的情景，“欲说还休”，真实地表现了离别时的复杂心绪。词人轻轻点出离怀别苦后，又以侧笔写“新来瘦，非关病酒，不是悲秋”，笔法婉转曲折，成了脍炙人口的名句。下阕放笔写别离，“休休”以重言加重语气，“这回去也”表明分别已非一次，“千万遍阳关，也则难留”，苦语痛极。“武陵人远，烟锁秦楼”，从离人双方着笔，心上人的远离与词人的寂寞恰成对照，从而转入抒情主人公痴情痴态的描摹，以无情流水的同情，含蓄地表现词人深沉的相思之情。

香冷金猊①，被翻红浪②，起来慵自梳头。任宝奁尘满③，日上帘钩。生怕离怀别苦，多少事，欲说还休。新来瘦，非干病酒④，不是悲秋⑤。　休休！这回去也，千万遍阳关⑥，也则难留⑦。念武陵人远⑧，烟锁秦楼⑨。惟有楼前流水，应念我，终日凝眸。凝眸处，从今又添，一段新愁。

【注释】

① 金猊：猊，狻猊（suān ní），即狮子。此指狮形的金属香炉。② 被翻红浪：散置的红锦被，形似波浪，故云红浪。③ 宝奁（lián）：华丽的梳妆匣。④ 病酒：因饮酒过度而致病。⑤ 悲秋：为萧瑟秋景而感伤。⑥ 阳关：此指乐曲名。王维《送元二使安西》："渭城朝雨浥轻尘，客舍青青柳色新。劝君更尽一杯酒，西出阳关无故人。"谱入乐府，人称为"阳关曲"或"阳关三叠"、"渭城曲"，唐人盛唱此曲，成为著名的送别曲。⑦ 也则：也只是。⑧ 武陵人：以陶渊明《桃花源记》中的武陵渔人比喻丈夫赵明诚，他们都是离家远游的人。武陵：今湖南常德。⑨ 烟锁秦楼：云雾笼罩自己的楼台，表示环境的寂寞。秦楼：本秦穆公女儿弄玉所居，也叫凤楼。《列仙传》说萧史善吹箫，能招致白鹤、孔雀，秦穆公招为女婿，并请他教弄玉吹箫。数年后，弄玉吹箫似凤声，招来凤凰，穆公为其筑凤台。后数十年，夫妇随凤飞去。

【翻译】

金狮香炉早已灰冷烟消，

锦被翻乱像红色的波浪，
起身后懒得把头发梳好。
任凭梳妆匣积满灰尘，
太阳爬上帘钩照。
最怕离别苦，
多少事，
想说又罢了。
近日人消瘦，
不是因为饮酒多，
也不是悲叹秋天到。

算了！算了！
这一次离去呵，
哪怕《阳关》唱上千万遍，
也难将他拴牢。
想那离家的人已远去，
寂寞的高楼，
四围是一片烟雾笼罩。
只有这楼前的流水呵，
应该怜悯我，
整日里注目细瞧。
这注目凝视的地方呵，
从今后，又增添了
一段新的烦恼。

念 奴 娇

春 恨

本词有的本子词调作《壶中天慢》，题目还有《春情》《春日闺情》《春思》。此词着力于描述愁情。词人以阴雨连绵的恼人天气、重门深闭的萧条庭院、四面垂帘的楼头、幽闭闷人的景色来衬托自己心绪的落寞，以诗成、酒醒和新梦觉后的百无聊赖来写自己愁绪的难以排遣。结束前词境忽而开拓，“清露晨流，新桐初引”，清新的初春之晨，勾起游兴。但结尾“更看今日晴未”，又表现了词人忧虑的心情。词人抒情，忽悲忽喜，乍近乍远，恰如行云，施展自如，表现了人物矛盾心情的变化。

萧条庭院，又斜风细雨，重门须闭。宠柳娇花寒食近①，种种恼人天气。险韵诗成②，扶头酒醒③，别是闲滋味。征鸿过尽④，万千心事难寄。　　楼上几日春寒，帘垂四面，玉阑干慵倚。被冷香消新梦觉，不许愁

人不起。清露晨流，新桐初引⑤，多少游春意。日高烟敛，更看今日晴未？

【注释】

① 寒食:清明节前二天(一说前一天)为寒食节。习俗只食生冷,不动烟火,故名。② 险韵:做诗用难押的字或冷僻少见的字为韵脚,叫险韵。③ 扶头酒:指一种使人易醉的烈性酒。扶头:形容醉后的状态,谓头亦须扶,不是酒名。④ 征鸿:飞雁。鸿:大型种类的雁属。⑤ 引:生长。

【翻译】

院子里冷冷清清，
又是斜风，
吹来细雨，
一道道房门都得关紧。
花娇柳嫩，
寒食节已将来临，
种种气象总给人增添烦恼心情。
险韵的诗已做成，
昏昏的头已清醒，
却另有一种百无聊赖的滋味涌上心。
鸿雁都飞过去了，
无法把我万千心事捎给远方的人。

几天春寒，
楼上觉得分外冷，

四面的帘幕都已垂下，
也懒得去玉栏杆旁倚凭。
被子凉，
炉香散，
好梦醒，
不容你有愁的人儿不起身。
清露在晨光中流滴，
梧桐有新叶儿初生，
心头泛起多少游春的意兴！
太阳已高悬，
朝雾亦消尽，
再看今天是否放晴？

蝶　恋　花

离　情

本词大约是靖康之乱前赵明诚两次出仕，李清照家居时所作。上片三句写大地回春的初春景色，轻松欢快，为反衬离情作铺垫。第四句一转，直抒离情，末句以伤心泪淋，精神不支的形态，形容离别的痛苦。下片首句与上片开头呼应，初试春装似欣喜，可结果却以不卸梳妆、放浪形态的慵懒动作，表现忧伤之情。结拍两句写独处难眠，痴弄灯花。俗传灯心结花，喜事临门，词人通过这一情态描写，含蓄地表现盼望亲人归来的心情。看似清闲，寄情深沉。本词将无形的内在感情，通过有形的形态动作来表现，为词中名笔。

暖雨晴风初破冻，柳眼梅腮①，已觉春心动。酒意诗情谁与共？泪融残粉花钿重②。　　乍试夹衫金缕缝，山枕斜攲③，枕损钗头凤。独抱浓愁无好梦，夜阑犹剪灯花弄④。

【注释】

① 柳眼梅腮：初生的柳叶，细长如眼，梅花瓣儿犹如美人香腮。用词新巧，联想丰富，生动地描绘了自然景物。② 花钿（diàn）：古代妇女的头饰，用金玉珠宝制成花的形状。③ 攲（qī）：斜靠。④ 灯花：灯心燃烧时有时结成花形，故称灯花。

【翻译】

暖融融的雨，
晴朗朗的风，
刚把冰雪消融。
柳叶犹如媚眼，
梅瓣恰似粉腮，
已可感觉到春心的跳动。
饮酒赏春，
吟诗抒怀，
欢乐与谁共？
眼泪融化残留的脂粉，
额头花钿也觉得沉重。

新衣试穿刚上身，
夹衫本是金线缝。
和衣斜靠山枕上，
枕头磨损了钗上的金凤。

独抱浓愁无好梦，

夜深了，

还剪着灯花漫拨弄。

行 香 子

七 夕

这首词的抒情方法很别致:通过牛郎织女的离情别恨,来抒写人间情侣的离愁相思。“草际鸣蛩,惊落梧桐”,描写了人间七夕的夜景,接着用一句“正人间天上愁浓”,把人间天上的离愁联系起来,并详写了牛郎织女每年一次的七夕相会。词人感叹相逢之艰难,想象牛郎织女难以穷尽的离情别恨,担忧风雨会给他们的相会带来障碍。这首词,词人从静谧的人间七夕想到风雨不定的天上七夕,抓住七夕这一难得相会的时刻来写别恨,是精美巧妙的构思。

草际鸣蛩①,惊落梧桐,正人间天上愁浓。云阶月地②,关锁千重。纵浮槎来③,浮槎去,不相逢。

星桥鹊驾④,经年才见,想离情别恨难穷。牵牛织女⑤,莫是离中。甚霎儿晴⑥,霎儿雨,霎儿风。

【注释】

① 蛩(qióng):蟋蟀。② 云阶月地:以云为台阶,以月为大地,指天上,天宫。③ 槎(chá):用树木或竹子编成的筏。传说天河与海可通,年年八月有浮槎,来去从不失期。有一人立志去天宫,带了很多干粮乘槎而去,航行几十天后,果然到了天河,见一丈夫牵牛在河边饮水,遥望宫中则有很多织妇(见张华《博物志》)。词中说尽管天河中有浮槎来往,但是由于天宫关锁重重,牛郎、织女还是不能相会。④ 星桥鹊驾:传说中七月七日乌鹊在星河中搭桥,使牛郎织女渡桥相会,此桥叫乌鹊桥,也叫星桥。⑤ 牵牛织女:皆星宿名。牵牛星俗称牛郎星,织女星亦称天孙。织女星在银河西,与在河东的牛郎星相对,古代传说中织女嫁牵牛,七月七日织女渡河与牵牛聚会。⑥ 甚:正。霎(shà)儿:瞬间,一会儿。

【翻译】

草间蟋蟀鸣,
惊落了梧桐叶,
那正是人间天上愁意浓。
云当阶,
月作地,
重重门户锁天宫。
纵有木筏来去,
终是不相逢。

乌鹊驾起的星桥上，
一年一度才一见，
想离愁别恨定无穷。
牛郎与织女，
莫非别离中？
这天空，
一会儿晴，
一会儿雨，
一会儿风。

鹧 鸪 天

本词咏桂。词人赞美桂花体性柔和，色淡香留，品评为第一流名花。全词运用了对比与衬托的写法，将描写与议论融为一体。最后批评楚辞作者，更是饶有情趣。

暗淡轻黄体性柔，情疏迹远只香留。何须浅碧轻红色，自是花中第一流。　　梅定妒，菊应羞，画栏开处冠中秋。骚人可煞无情思①，何事当年不见收？

【注释】

① 骚人：楚骚的作者屈原因作《离骚》，故楚辞一体也称骚。煞：极甚之辞，太。楚辞中多香花异草，却未提及桂，故李清照批评作者太无情思。宋代陈与义《清平乐·咏桂》词云："楚人未识孤妍，《离骚》遗恨千年。"亦有此意。

【翻译】

容光暗淡，
色泽微黄，
姿质生性和柔；
情怀疏落，
形迹闲远，
唯有香气常留。
何须浅绿嫩红那样娇艳，
她本是名花中的第一流。

梅定会妒忌，
菊也应害羞。
桂花盛开画栏旁，
风情第一冠中秋。
楚骚诗人呵，
实在没情思，
为甚当年不将她歌讴？

多　　丽

咏　白　菊

本词也有题作“兰菊”。这是李清照词中最长的一首。上阕描写白菊的姿容、芳香、风韵，连用了六个历史人物作比，从正反不同的方面与白菊比较，从而赞美菊花高洁的风韵。这种风韵和伟大的诗人屈原、陶渊明恰相仿佛，这是对菊花极为崇高的评价。下阕进一步写白菊花的精神。秋深菊残，清瘦如雪玉，“向人无限依依”、“似愁凝”、“似泪洒”，在这些白菊花的神形特征上，很明显地带有词人的自我气质。从首句的惜花之情，到“纵爱惜，不知从此，留得几多时”，主观感情愈益强烈，最后以反语作结。在咏花中，表现了诗人鲜明的爱憎与对现实的感慨。

小楼寒，夜长帘幕低垂。恨萧萧①，无情风雨，夜来揉损琼肌②。也不似、贵妃醉脸③，也不似，孙寿愁

眉[4]。韩令偷香[5]，徐娘傅粉[6]，莫将比拟未新奇。细看取，屈平陶令[7]，风韵正相宜。微风起，清芬酝藉[8]，不减酴醾[9]。　　渐秋阑、雪清玉瘦，向人无限依依。似愁凝、汉皋解佩[10]，似泪洒、纨扇题诗[11]。朗月清风，浓烟暗雨，天教憔悴度芳姿。纵爱惜、不知从此，留得几多时。人情好，何须更忆，泽畔东篱[12]。

【注释】

①萧萧：风雨声。②琼肌：如琼玉一样雪白的肌肤，形容白菊花的花瓣。③贵妃醉脸：贵妃（唐玄宗宠妃杨玉环）醉酒时的脸庞，因有醉意，分外娇艳。④孙寿愁眉：东汉权臣梁冀之妻孙寿“色美而善为妖态，作愁眉……以为媚惑”（《后汉书·梁冀传》）。⑤韩令偷香：韩令即晋人韩寿，晋武帝权臣贾充的属官。聚会时，贾女见韩寿姿容美好，因而爱上了他。韩寿逾墙与之私会，贾女偷了父亲的御赐外国贡香赠给韩寿。此香一经着人则历月不歇。贾充会见诸吏时，闻到有奇香之气，因而生疑，发现了两人的私情，为了家庭名声，只得把女儿嫁给了韩寿。⑥徐娘傅粉：徐娘即梁元帝妃子徐昭佩。她与元帝臣子暨季江私通，季江尝叹说：“徐娘虽老，犹尚多情。”徐娘无傅粉的典故，只有傅粉何郎（即何晏）的典故，因此有人怀疑此句有误。⑦屈平陶令：屈平即战国时楚国诗人屈原。陶令即东晋诗人陶渊明，他曾为彭泽令，故称陶令。两人都喜爱菊花，有很多咏菊之作，并且他们都具有崇高的理想和品格，所以李清照认为傲霜的菊花正与他们的人格相宜。⑧酝藉：指菊花香味隽永耐久。⑨酴醾：即荼蘼，夏初开红白

花，香味浓而美丽。⑩ 汉皋解佩：周郑交甫在汉皋台下遇到两位神女，身佩两颗大如鸡蛋的明珠。交甫请她们赠予，二女解与之。既行返顾，二女不见，佩亦失矣。佩是古人系在带上的饰物。⑪ 纨扇题诗：汉成帝初即位时，班氏女受宠幸，被封为婕妤。后来成帝宠幸赵飞燕，班婕妤失宠，作团扇诗《怨歌行》："新裂齐纨素，皎洁如霜雪。裁为合欢扇，团团似明月。出入君怀袖，动摇微风发。常恐秋节至，凉风夺炎热。弃捐箧笥中，恩情中道绝。"纨：轻细的熟绢。⑫ 泽畔东篱：这也是屈原、陶渊明的典故。屈原《渔父》："屈原既放，游于江潭，行于泽畔，颜色憔悴。"陶渊明《饮酒》诗："采菊东篱下，悠然见南山。"末了几句是劝慰白菊不必留恋往昔的日子。

【翻译】

小楼寒冷，
帘幕低垂，
秋夜长长。
恨萧萧无情风雨，
一夜挼揉，
将白玉般的肌肤损伤。
她不像贵妃娇艳的醉容，
也不似孙寿愁眉的媚样。
韩令的风流，
徐娘的傅粉，
都不算新奇，
切莫用来比拟白菊的形象。

细细看来，
只有屈原、陶令，
风度神韵正相当。
微风吹起，
送来清远芬芳，
若比酴醾花，
丝毫不逊让。

秋深气含霜，
雪一样清白，
玉一样坚瘦，
无限依依，
对人情意长。
她恰似含愁凝视的汉皋神女，
又如同洒泪题扇的班姬神伤。
时而风清月朗，
时而烟浓雨暗，
天教憔悴伴孤芳。
纵然倍加爱惜，
也不知
姣好的姿容还能留多长！
只要人情好，
又何必再思念那——
屈原行吟楚泽畔，
陶潜采菊东篱旁。

庆清朝慢

本词为咏花之作。词人未点明什么花，一说桂花，另一说菊花，从词意看以芍药为是。上片写花，一二句写花生长的环境，“禁幄低张，彤栏巧护”，显示出花之娇贵，也暗示出是御花园中的珍品。第三句“独占残春”，不仅点出时令，而且表明了花的价值，以后几句均由此而来。接着先出现花的娇美形态。“容华”二句为花的素雅天然写真。“待得”二句写“俏不争春”的谦让品格和延长春天的贡献。“妖娆”三句极言自然界之反应。“妒”、“笑”、“殢”三个动词，将风、月、东君拟人化，也进一步表现花的品格和魅力。下片写赏花。“东城边”三句写热闹的赏花人群。“绮筵”二句词意推宕，从眼前的欢会想到春归花落时的情景，从而更珍惜眼前的盛景。“更好”与前呼应，正面写出在御园赏名花。最后三句，写醉客秉烛夜赏，醉里看花，从恋花暗示惜春。

禁幄低张[①]，彤栏巧护，就中独占残春。容华淡泞[②]，绰约俱见天真[③]。待得群花过后，一番风露晓妆新。妖娆态，妒风笑月，长殢东君[④]。　　东城边，南陌上，正日烘池馆，竞走香轮。绮筵散日，谁人可继芳尘[⑤]？更好明光宫殿[⑥]，几枝先近日边匀。金樽倒，拼了尽烛，不管黄昏。

【注释】

① 禁：宫殿。宫殿门户都设警卫禁止百姓进入，因此称帝王宫殿为禁。幄：帷幕。禁幄：宫庭里的帷幕。② 淡泞（nìng）：形容水明净，这里为素淡的意思。③ 天真：天然，不凭借妆饰。④ 殢（tì）：滞留。⑤ 芳尘：落花使尘土变得芳香。⑥ 明光宫殿：汉代有明光宫与明光殿，词中喻指北宋汴京的宫殿。

【翻译】

用宫里的布幕低低地围上，

让朱红的栏杆巧妙地护防，

这儿有名贵的花儿，

独占着将逝的春光。

她的容貌是如此素淡高雅，

她的妩媚全是天然模样。

等到众花开过以后，

一番和风清露，

使她换上早晨的新装。

啊！美丽的姿态真不寻常，
风儿见了妒忌，
月儿笑脸相向，
春神也久久迷恋徬徨。

东城边，
南路上，
红日暖照宫馆池塘，
香车宝马赛着赏花忙。
待到春末华筵散，
谁使尘路再度香？
如今明光宫里花更好，
向阳的几枝先吐芬芳。
酒尽杯倒兴正浓，
管它红烛烧尽，
管它夜深月昏黄。

蝶 恋 花

晚止昌乐馆寄姐妹[1]

宣和三年(1121)辛丑八月间,李清照自青州赴莱州,途经昌乐宿馆,作此词寄姐妹。本词布局颇具匠心,上下两片前三句都是写离别情景,后两句都是写旅途中的心情,但又有差异。上片前三句重在写外部表现,泪湿罗衣,《阳关》千唱;下片前三句则重在写内心活动,乱了方寸时的情景。上片后两句渲染路途遥远、高山阻隔,相见之难,以及在孤馆中的凄苦思念之情,放笔写哀思;下片后两句,词意转折,词人有意缩短距离,"东莱不似蓬莱远",嘱咐姐妹音书时寄,劝人自慰,意似通脱。

泪湿罗衣脂粉满,四叠阳关,唱到千千遍。人道山长山又断,萧萧微雨闻孤馆。　惜别伤离方寸乱,忘了临行,酒盏深和浅。好把音书凭过雁,东莱不似蓬莱远[2]。

【注释】

① 昌乐：县名，在今山东省。属青州府，是李清照由青州赴莱州的必经之地。② 东莱：原为郡名，后改为州，更名莱州，州治在今山东莱州。蓬莱：海中仙山名。《汉书·郊祀志》记载，在渤海中有蓬莱、方丈、瀛洲三座神山。

【翻译】

绣花罗衣，
泪水湿一片，
脂粉沾满。
四叠《阳关》送别歌，
唱了千千遍。
人说青山长，
青山却又断。
孤寂的驿馆里，
只听到淅沥的雨声没个完。

离愁别绪，
搅得我心神乱。
忘记了临行的送别酒，
杯里是深还是浅。
请把音信托付给过路的大雁吧，
东莱并不像蓬莱那么遥远。

临 江 仙

本词大约是建炎二、三年(1128、1129)李清照住在建康时所作。词的开头通过景色描绘表现词人矛盾的心情。深锁庭院,怕见春光,柳芽梅萼,又见春光,这是第一层对照;“春归秣陵”与“人老建康”,是第二层对照;往昔的感风弄月与今日的憔悴飘零,是第三层对照。词人通过各种对比,抒发了思乡之情和老去无成的感慨,“试灯无意思,踏雪没心情”,以极朴素的语言真切地表现心灰意懒的精神状态,其中含有无限今昔悲欢的辛酸!

欧阳公作《蝶恋花》①,有“深深深几许”之语,予酷爱之。用其语作“庭院深深”数阕,其声即旧《临江仙》也②。

庭院深深深几许？ 云窗雾阁常扃[3]。 柳梢梅萼渐分明[4]。 春归秣陵树[5]，人老建康城。 感月吟风多少事[6]，如今老去无成。 谁怜憔悴更凋零[7]，试灯无意思[8]，踏雪没心情[9]。

【注释】

① 欧阳公作《蝶恋花》：欧阳公即宋欧阳修。其《蝶恋花》原词第一句是："庭院深深深几许？" ② 其声：指用的词牌。③ 扃（jiōng）：关闭。④ 萼：花萼，花的底托。⑤ 秣陵：今江苏南京。⑥ 感月吟风：与吟风弄月同，一般指作诗。⑦ 凋零：飘零。指词人离乡背井，流落他乡。⑧ 试灯：在元宵节前，张灯预赏。⑨ 踏雪没心情：指没有那种踏雪觅诗的心情。

【翻译】

欧阳公写《蝶恋花》，有"深深深几许"的词句，我十分喜爱，用他的词句作"庭院深深"几阕，其词调就是从前的《临江仙》。

庭院深深，
深到什么光景？
云绕窗，
雾漫阁，
门窗总是关紧。
柳梢头，
梅萼上，

花叶逐渐分明。
春到秣陵树，
人老建康城。

想过去，
吟风颂月乐事赏心；
叹如今，
人老神衰一事无成。
谁怜我？
面容憔悴，他乡飘零！
观赏花灯，
毫无兴趣；
踏雪觅诗，
也没心情。

诉衷情

本词上阕写梅香熏破春梦，归梦被扰；下阕写醒后百无聊赖的心情。表面上看，未写一个愁字，似乎只是有些幽怨的情绪，实际上处处都有愁意。以酒浇愁，以致沉醉；归梦不成，怨梅正是怨故土难归；春夜无眠，百无聊赖，最后三句不是表现词人热爱梅花的心情，而是通过单调连续的下意识的动作，表现词人月夜中愁结难解的心情。“梦远不成归”是本词的点题之句，读者可以从中体会到愁绪之所在。残梅则是词人用来表达种种情绪的引线。本词不是咏残梅的咏物词，而是抒发思归愁绪的抒情词。

夜来沉醉卸妆迟①，梅萼插残枝。酒醒熏破春睡②，梦远不成归。　人悄悄，月依依，翠帘垂。更挼残蕊③，更捻余香④，更得些时⑤。

【注释】

① 卸妆：古代妇女卸去头上的装饰品。也叫卸头。② 熏破：形容香气侵袭，打断了美梦。③ 挼（ruó）：用手揉摩。④ 捻：用手指搓弄。⑤ 更得些时：再拖延些时间。

【翻译】

夜来沉醉，
迟迟未卸妆，
红梅凋残，
空留花萼在枝上。
酒力渐消，
花香熏人春睡醒，
半段归梦，
没能如愿到家乡。

人儿悄悄，
月儿依依，
翠帘儿低降。
再搓一搓残余的梅蕊，
再捻一捻余香的花瓣，
再消磨些凄凉的时光。

鹧鸪天

此词当作于南渡以后。以悲秋开头，“寒日”二句，极言秋日萧条。下面既饮闷酒，又烹苦茶，梦断难眠，瑞脑香浓，是词人寂寞的秋晨生活的反映。“更喜”、“偏宜”是词人自我宽慰，不能作正面理解。上片情景相生，下片直抒胸臆。以王粲思乡，点明词人悲秋的原由。在唱出“更凄凉”的悲音后，结拍二句突转，以悲秋始，醉秋终。须知强解愁容，愁容难解，人儿孤独凄苦之情更浓。但妙在含蓄，词人不写尽而让读者意会无穷。醉酒东篱的黄昏又与“寒日萧萧”的清晨相呼应，构成一完整的抒情画面。

寒日萧萧上锁窗，梧桐应恨夜来霜。酒阑更喜团茶苦①，梦断偏宜瑞脑香。　　秋已尽，日犹长，仲宣怀远更凄凉②。不如随分樽前醉③，莫负东篱菊蕊黄。

【注释】

① 酒阑:指酒喝到快不喝了。团茶:将茶叶制作成团饼形,称团茶。② 仲宣怀远:建安诗人王粲,字仲宣,山阳高平(今属山东)人。因避战乱,南下依附刘表。不得意,在登当阳县(今属湖北省)城楼时有感而作《登楼赋》,表现对战乱的不满和对故乡的思念。作者用以自喻。③ 随分(fèn):随便。

【翻译】

寒风萧萧,
惨淡的日光映雕窗。
冷影疏疏,
梧桐应恨昨夜霜。
酒到酣时,
更喜团茶苦。
梦魂惊破,
偏宜瑞脑香。

秋已到尽头,
白昼还是这样长。
学王粲作赋诉思乡,
我将会更加凄凉。
倒不如随便喝酒杯前醉,
不要辜负东篱菊花一片黄!

蝶 恋 花

上巳召亲族①

本词是李清照晚年之作，这时她生活略为安定，已能召集亲族聚会饮宴。但是，美好的春光月色，意在消愁的酒宴，并未给词人带来欢快，相反更勾起对故国的深沉思念和旧家难归的惆怅。在梦中她还很熟悉汴京的道路，可以想见其忆念之切，但是一个“空”字，毕现失望之情。所以起首三句为全词定下基调。接着两处转折：上阕以春夜迷人的景色来反衬词人的愁闷情绪；下阕在怡乐的酒宴中，发出“醉莫插花花莫笑，可怜春似人将老”的悲叹，从而委婉曲折地表达了词人的忧国情怀和对人生的感慨。

永夜恹恹欢意少②。空梦长安③，认取长安道。为报今年春色好，花光月影宜相照。　随意杯盘虽草草，酒美梅酸，恰称人怀抱④。醉莫插花花莫笑，可怜春似人将老。

【注释】

① 上巳:阴历三月上旬巳日为上巳节。自古有到水边宴游消灾的习俗。魏以后改为三月初三。② 永夜:长夜。恹恹:精神不振的样子。③ 长安:今陕西西安,汉、唐故都。后人多用作京城的代称,此代指汴京。④ 称人怀抱:合人心意。

【翻译】

漫漫长夜,
欢乐的心情实在少。
徒然梦见京城,
认得京都街道。
为了报答今年春色好,
花光月影理应相辉照。

简便的宴席,
准备得草草。
酒却是美酒,
梅也正酸,
适合亲朋的需要。
只是醉了别插花,
花也不要笑,
可怜这春色也像人将老!

添字采桑子

芭　蕉

起首一问句表现了词人对种树者的怀念与对芭蕉长成的喜悦，因此她移情入景，说“叶叶心心舒卷有余情”，写芭蕉对人的深情，正是抒发词人自己的深情。上半阕写从室内看芭蕉成荫，下半阕则写枕上听雨打芭蕉。经过国难、家破、夫亡种种打击后，避难客居的人夜不成眠，夜雨不停地敲打着芭蕉，也敲打在词人愁损的心上。“起来听”这一外在的动作，曲折地表现了词人内心的万千愁绪。

窗前谁种芭蕉树？阴满中庭。阴满中庭，叶叶心心舒卷有余情。　　伤心枕上三更雨，点滴霖霪①。点滴霖霪，愁损北人不惯起来听②。

【注释】

① 霖霪：下雨连续三日为霖，久雨为霪。词中指夜雨

淅沥不停。② 愁损：愁坏。北人：北方人。指词人自己。芭蕉原为南方植物，南方又多雨，夜听雨打芭蕉，对北人说是不习惯的。

【翻译】

窗前是谁种了芭蕉树？
院子里布满树阴。
院子里布满树阴，
一片片叶子，
一只只蕉心，
舒展卷曲都似有深情。

伤心的是夜半枕上听雨声，
淅淅沥沥滴不停。
淅淅沥沥滴不停，
愁坏了我这北方人，
不习惯，
只好起来听。

摊破浣溪沙

本词为病后所作，写的是病后初愈的日常生活。上片写晚上。词人久病坐起，发现形容顿减。“卧看残月上窗纱”，表现了疗养者的静观之趣。以豆蔻熟水疗疾代茶，也恰是词人病榻生涯的写照。下片写白天，病中闲日，枕上阅诗书解闷，又欣赏门前细雨飘香的景色，“雨来佳”，表现出天气炎热，秋雨送爽的喜悦心情。“桂花”三四句移情入景，透露出病后生机。本词明白如话，自然浑成。

病起萧萧两鬓华，卧看残月上窗纱。豆蔻连梢煎熟水①，莫分茶②。　　枕上诗书闲处好，门前风景雨来佳。终日向人多酝藉，木犀花③。

【注释】

① 豆蔻：药名。梁简文帝《和萧侍中子显春别》诗：

“江南豆蔻生连枝”，故云豆蔻连梢。熟水：宋人常用的一种饮料。《事林广记》记载有“造熟水法”：就是夏天先将百煎的滚汤放在瓶器里，然后将所用之物（如豆蔻）投入瓶内，密封瓶口，制成的饮料香气加倍，若以汤泡物，就不香了。② 分茶：宋代流行的一种茶道，一种泡茶的游艺。用沸水冲茶，使茶乳变幻成图形或字迹，这是一种技巧。③ 木犀花：即桂花。

【翻译】

两鬓稀疏病后添白发，
卧看残月弯弯照窗纱。
且煎豆蔻成熟水，
别强打精神再分茶。

无聊枕上读书好，
下雨门前风景也佳。
整日陪伴着我，
是那深沉含蓄的木犀花。

清 平 乐

本词为晚年所作，借赏梅自叹身世。上片忆旧，“年年雪里”二句，回忆早年与赵明诚共同赏梅的欢快情景，一个“醉”字将词人热爱梅花，为梅花陶醉的心情充分表达出来。三四句当写丧后，“挼”的动作，将女主人触景伤神的状态，形容得惟妙惟肖。“满衣清泪”与“醉”对比，一喜一悲，反映了不同处境、不同心境。下片叙今。词人漂泊天涯，远离故土，年华飞逝，两鬓斑白，与上片首二句所描女性形象遥相对照。三四句又扣住赏梅，以担忧的口吻说出：“看取晚来风势，故应难看梅花。”表面写自然现象：看风势晚上赏不成花，实指南宋形势甚恶，极不安定，纵有梅花，难以赏玩。将赏梅与家国之忧联系起来，提高了词的境界。

年年雪里，常插梅花醉。 挼尽梅花无好意，赢得满

衣清泪。　　今年海角天涯，萧萧两鬓生华[①]。看取晚来风势，故应难看梅花。

【注释】

① 生华：生长花发。指生白发。

【翻译】

年年雪里，
常插梅花，
赏花人心醉。
几何时，
搓尽花瓣难有好心绪，
只落得满衣清泪。

今年海角天涯，
两鬓稀疏添白发。
测看今晚风势，
实在难再看花。

南 歌 子

本词作于南宋高宗建炎三年(1129)秋赵明诚亡故之后。上阕写秋夜伤感。首句写夜深,次句写人静,接写秋寒夜泣,词境悲怆。然后由"起解罗衣"过渡到下阕写睹物兴叹。罗衣的花纹不仅写得细致精巧,而且与秋色、心境融洽无间。"莲"谐音"怜","藕"谐音"偶",以此来表达词人所引起的感触。最后三句直写,总结词意,以旧时衣物反衬非旧时情怀,悲怆已极。三个"旧"字的运用不仅不显得重复,而是更好地表现了"同中之异",有强烈的对比作用。

天上星河转①,人间帘幕垂。凉生枕簟泪痕滋②,起解罗衣,聊问夜何其③? 翠贴莲蓬小,金销藕叶稀④。旧时天气旧时衣,只有情怀,不似旧家时⑤!

【注释】

① 星河:即银河,天河。星河转:指银河逐渐向西移

动，到天亮时消失。② 簟(diàn)：竹席。滋：多。③ 聊：姑且。夜何其(jī)：最早出处是《诗经·小雅·庭燎》："夜如何其？夜未央。"后来诗多五七言，"夜如何其"四字，不便用于诗，便省略为"夜如何"或"夜何其"，意思说夜已经到什么时候了？其：句末助词，表疑问语气。④ 翠贴、金销：即贴翠、销金的倒文，都是制衣工艺。用细线缝连而不见针脚叫贴，以金饰物叫销金，指衣上花饰用金箔或金线制成。⑤ 旧家：从前。宋代的习惯用语。与作"世家"解释的"旧家"不同。

【翻译】

天上银河转向，
人间垂下帷帐。
枕席已生凉，
清泪止不住地淌。
起来解罗衣，
且问夜深已是什么时光？

罗衣上，
贴翠的莲蓬小巧精致，
勾金的荷叶稀稀朗朗。
天气跟从前一样，
衣裳还是从前的衣裳，
只有我的心绪，
不像从前那样！

忆 秦 娥

本词写秋色。上片先写远景、大景。“乱山平野”句，既写杂乱的野景，又点出时间。接着由远及近，“烟光薄”当指日光淡淡的傍晚。夕阳西下之时，鸦群归宿，人未归来；画角凄清，似诉幽怨。下片写近景、小景。首句由景入情，直言“情怀恶”，借酒也难消愁。写到这里，灰暗的景色同“情怀恶”关系已点明。接着又写西风吹落梧桐叶，显示草木凋零，生机窒息，渲染凄苦之情。末三句“梧桐落，又还秋色、又还寂寞”总括全篇，虚实相生，亦景亦情。

临高阁，乱山平野烟光薄。烟光薄，栖鸦归后，暮天闻角。　　断香残酒情怀恶，西风催衬梧桐落。梧桐落，又还秋色，又还寂寞。

【翻译】

登上高阁眺望，

乱山平野蒙着淡淡的烟光。
淡淡的烟光，
乌鸦归巢栖息后，
黄昏里，
角声如泣传四方。

檀香尽，
剩酒凉，
心情更懊丧。
无情西风催促梧桐叶儿黄。
梧桐叶儿黄，
还是满眼秋色，
还是寂寞惆怅。

菩 萨 蛮

此词写在异乡过人日(正月初七日)的情景。上片首句写鸿雁归来,声断碧云,借景抒情,寄寓对故乡的深切思念。一二句写室内外之景,暗写主人公目送鸿雁,愁对炉烟。三四句则借饰物写人,表现节日的特点,并点出已由白昼转入夜晚。下片一二句写由黑夜转到黎明,以听号角,见曙色,暗示抒情主人公未能安眠。三四句写早春还寒的时令,又暗写人物心情,寓情入景,并与首句呼应。全词着力渲染凄凉的环境气氛,并通过时间的推移,抒写深切的乡关之思,表达漂泊异乡的悲苦心情,虽无一个愁字,却处处写愁,含蓄深沉。

归鸿声断残云碧,背窗雪落炉烟直。烛底凤钗明,钗头人胜轻[①]。　　角声催晓漏,曙色回牛斗[②]。春意看花难,西风留旧寒。

【注释】

① 人胜：即人和胜，都是古代妇女于人日所戴的头饰，用剪彩或镂刻金箔做成。胜也称花胜、彩胜。② 牛斗：星名，即牛宿、斗宿。《宋史·乐志》："斗转参横将旦。"意思是天亮时斗宿回转，参宿横斜。

【翻译】

归鸿鸣声已逝，
碧云残留在天；
窗外飘落白雪，
炉内直上青烟。
烛光下凤凰钗儿亮晶晶，
钗头上绢花金箔轻盈盈。

清晨号角，
催促计时漏；
牛斗星移，
曙光照初透。
着意看花，
问寻春意难；
飒飒西风，
尚留旧日寒。

菩　萨　蛮

此词抒发南渡后的思乡之情，却从心情好写起，早春给人带来了喜悦之情，这对抒发乡情起了反衬作用。三四句妆残、人寒、心境转换。“故乡何处是？忘了除非醉”，语气突转，充分表达对沦陷故土的强烈思念之情。接写浓郁的沉香已消散，而酒意尚存，说明昨夜醉意之甚，但酒醉微醒，词人就发抒乡思，可见不思量之不可能，表示“醉后也难忘”。这与李白的“举杯消愁愁更愁”相仿佛，但在表达上委婉含蓄，与前两句结合在一起，耐人寻味。

风柔日薄春犹早，夹衫乍着心情好①。睡起觉微寒，梅花鬓上残②。　　故乡何处是？忘了除非醉。沉水卧时烧③，香消酒未消。

【注释】

① 乍：刚，初。② 梅花鬓上残：南朝宋武帝之女寿阳

公主，在人日卧含章殿檐下，梅花飘着其额，成五出之花，因仿之为梅花妆（见《翰苑新书》）。这里是说睡起后妆已残。③ 沉水：即沉香。瑞香科植物，因此木放在水中即沉，故又名沉水。其木性至坚，可制名贵的熏香料。

【翻译】

风轻日和春还早，
初穿夹衫心情好。
睡起慢梳洗，
玉臂觉微寒。
鬓上梅花妆，
粉淡玉瓣残。

何处是故乡？
除非醉时忘。
炉里的沉香在睡下时熏烧，
香气消尽酒意也未消。

武陵春

春晓

此词作于绍兴五年(1135)避乱金华时。第一句截取“风住尘香”的场面表现春尽,眼前的景色与词人的厄运相似,美好的春色被恶风扫荡无余,幸福的生活被战乱全部断送。第二句含蓄地表现了女词人情绪的恶劣。三四句则是纵笔直抒胸臆,以极其精炼的语言高度概括了自己悲苦的心情。景物依旧,人事全非,这是一切愁苦的缘由,因此以“事事休”来表现自己的心理状态。接着又以“欲语泪先流”这一外部形象来表现无法倾诉的内心痛楚。下阕宕开,写泛舟春游的打算,然后又转到“愁”。“只恐双溪舴艋舟,载不动,许多愁”,将无形的愁化为有分量的形象,是传诵千古的名句。全词“欲”、“先”、“闻说”、“也拟”、“只恐”几个虚字用得极好,将事物间的关系,词人思想感情的转折变化,十分准确而又传神地表现出来。

风住尘香花已尽，日晚倦梳头。物是人非事事休，欲语泪先流。　闻说双溪春尚好[①]，也拟泛轻舟。只恐双溪舴艋舟[②]，载不动，许多愁。

【注释】

① 双溪：浙江金华城南有两条水汇合，一是源出东阳大盆山的东港，一是源出缙云黄碧山的南港，故名双溪，是优美的风景区。② 舴艋舟：指小船。“舴艋”亦作“蚱蜢”。

【翻译】

风停尘香花谢尽，
天晚懒梳头。
人非昨日人，
风景还依旧，
万事全休！
这般心绪，
未等开口泪先流。

听说双溪春光好，
也想驾船游。
只怕双溪的蚱蜢小舟，
载不动许许多多愁！

孤 雁 儿

此词是悼念亡夫之作。通过日常生活中触景生情的描写，发抒悲凉凄苦的感情。香断炉寒与情怀如水，情景交融。梅花初放的景色，本应使人喜悦，但词人却用“惊破”、“多少春恨意”来发抒感情。“惊破”两字用得很妙，表面上是写惊破梅心，梅花初绽，实际是词人被轻快的笛声惊醒，笛声勾起她对往事的回忆。

本词抒情有层次，哀情由淡而浓。从“无佳思”到“情怀如水”，到“春恨意”，到“千行泪”，到“肠断与谁同倚”，则是痛极之语，但是下面词人将痛断肠的感情及时收住，以“一枝折得，人间天上，没个人堪寄”收束全篇，其孤苦凄凉可想而知。所以，末三句不仅回到咏梅这一题材上来，而且抒情委婉含蓄，耐人寻味。

世人作梅词，下笔便俗。予试作一篇，乃知前言不妄耳。

藤床纸帐朝眠起①，说不尽无佳思。沉香断续玉炉寒②，伴我情怀如水。笛声三弄③，梅心惊破④，多少春情意。　小风疏雨萧萧地，又催下千行泪。吹箫人去玉楼空⑤，肠断与谁同倚？一枝折得，人间天上，没个人堪寄。

【注释】

① 藤床：用藤条编制成的床。纸帐：用藤皮茧纸等韧性的纸做成的帐子，常画梅或插梅以为装饰。② 玉炉：香炉的美称。③ 笛声三弄：古笛曲《梅花落》，因有三叠，故又称《梅花三弄》。内容是写傲霜雪的梅花。④ 梅心惊破：梅花初放。此用拟人化的手法写梅蕊因闻笛声而开放。⑤ 吹箫人去玉楼空：吹箫人，即萧史。秦穆公让他教女儿弄玉吹箫，后来两人结为夫妇。此指赵明诚，说的是丈夫已故，人去楼空。

【翻译】

人们作咏梅词，下笔便落俗套。我试作了一篇，于是知道了前面的话是不错的。

藤床纸帐，
清早睡眠起，
绝无好心绪，

说不尽夜来愁思。
沉香未添，
炉冷无香气。
伴我情怀，
乏味如清水。
笛声吹出《梅花三弄》，
惊破梅心花瓣露微微，
含有多少春情意！

微风疏雨不停歇，
又催下千行泪。
吹箫人已去，
玉楼空寂寂，
柔肠寸寸断，
和谁共相倚？
一枝新梅折在手，
找遍人间与天上，
再也没有个人儿可以寄。

永 遇 乐

元 宵

本词是李清照晚年流寓临安，在元宵节时所写。一二句是描摹傍晚景色，四五句进一步从视觉与听觉两方面渲染春意。“落日熔金，暮云合璧”的傍晚景色，已经暗示出夜晚必然晴朗，但词人却以“元宵佳节，融和天气，次第岂无风雨”相接，意在言外，值得再三玩味。全词用对比的手法表现词人内心的痛楚，从今日元宵的淡淡哀怨，到回忆中州盛日的欢乐生活，再回到眼前的憔悴、凄怆之情令人悲绝。词中以小见大，以个人今昔境遇之异，与伤时忧国之感交织在一起，强烈地表现了对故国和旧日生活的怀念。一百多年后南宋爱国词人刘辰翁诵此词，为之涕下。本词工致而不雕琢，如“落日熔金，暮云合璧”、“染柳烟浓，吹梅笛怨”，精炼简洁，通俗而不浅陋。又如“如今憔悴，风鬟霜鬓，怕见夜间出去，不如向帘儿底下，听人笑语”，自然顺畅，词意深沉含蓄，婉而不露。

落日熔金，暮云合璧，人在何处[1]？染柳烟浓，吹梅笛怨[2]，春意知几许？元宵佳节，融和天气，次第岂无风雨[3]？来相召[4]，香车宝马，谢他酒朋诗侣[5]。

中州盛日[6]，闺门多暇，记得偏重三五[7]。铺翠冠儿[8]，捻金雪柳[9]，簇带争济楚[10]。如今憔悴，风鬟霜鬓[11]，怕见夜间出去[12]。不如向帘儿底下，听人笑语。

【注释】

① 人在何处：是词人自指，“何处”指临安，身在临安，故意设问，表达了词人流落异乡的不安心情。② 吹梅笛怨：梅指《梅花落》乐曲，吹奏《梅花落》乐曲的笛声幽怨。③ 次第：转眼之间，接着。④ 召：邀请。⑤ 谢：辞谢。⑥ 中州：通常称河南省为中州，因其古时地处九州的中心。此指北宋都城汴京（今河南开封）。⑦ 偏重：特别看重。三五：一般指阴历十五，此指正月十五元宵节。⑧ 铺翠冠儿：以翡翠羽毛装饰的帽子，是北宋元宵节妇女应时的装饰品。⑨ 捻金：以金线捻丝。雪柳：绢或纸做的花。捻金雪柳也是元宵节妇女应时的装饰。⑩ 簇带：簇：丛聚；带：通“戴”，即头上插戴很多装饰物。宋时方言。济楚：齐整、漂亮，亦宋时方言。⑪ 风鬟霜鬓：指头发蓬乱，鬓发霜白。⑫ 怕见：宋时口语，犹言“懒得”。

【翻译】

落日灿灿像熔化的黄金，
暮云连成半天白璧，
如今我身在何处？

杨柳染上一层浓烟，
笛奏《梅花落》声声幽怨，
谁知春意有几许?
正当元宵佳节，
风和日暖天气，
可难道，接着就不会有风雨?
驾着宝马香车，
前来邀请我同游，
我却谢绝了这些酒朋诗侣。

汴京繁华的日子，
闺中女子多闲暇，
还记得人们特别看重正月十五。
翡翠羽毛镶衬的帽子，
金线捻丝编成的雪柳，
一个比一个穿戴得漂亮齐楚。
如今我容颜憔悴，
发髻似风蓬，
霜雪染两鬓，
懒得夜间出门去。
还不如在帘子背后，
听听街上游人说笑的话语。

声 声 慢

此词写词人历遭国破家亡劫难后的愁苦悲戚。开头三句，有层次地表现词人寻求、失望，因而“凄凄惨惨戚戚”的心情。突兀的开头，使词人的愁情第一次迸发出来，接着是比较平缓婉曲的借景抒情，以晚风、淡酒、归雁、黄花、梧桐、细雨，抒发种种愁情，到“独自怎生得黑”，感情渐趋强烈，最后一句则是将无边无际的愁情推向高峰，为全词作了高度的概括和总结。本词在语言上的成就历来为论者所赞赏。首先表现在叠字的运用上，开头三句全为叠字，却毫无雕琢的痕迹，自然妥帖地表现了词中的情和景，因此被誉为“公孙大娘舞剑手”、“情景婉绝”、“绝唱”。其次是口语的运用，如“最难将息”、“独自怎生得黑”、“这次第，怎一个愁字了得”，以浅俗之语入词，发清新之思，令人叹绝。

寻寻觅觅，冷冷清清，凄凄惨惨戚戚①。乍暖还寒时候②，最难将息③。三杯两盏淡酒，怎敌他，晚来风急！雁过也，正伤心，却是旧时相识。　　满地黄花堆积④，憔悴损，如今有谁堪摘？守着窗儿，独自怎生得黑！梧桐更兼细雨，到黄昏，点点滴滴。这次第⑤，怎一个愁字了得！

【注释】

①“寻寻觅觅”三句：分三层表现词人的行动与感受，先写若有所失，要去寻觅失去的欢乐；次写寻觅中感受到周围环境的冷清，最后写出内心的凄惨与悲戚。② 乍：突然，骤然。乍暖还寒时候，指气候忽热忽冷，变化不定。③ 将息：休息、保养。唐宋时方言。④ 黄花：菊花。一般菊花不落瓣，在枝头上枯萎。这里指落瓣的菊花。⑤ 这次第：犹如说这情形或这光景。

【翻译】

寻寻觅觅，

冷冷清清，

凄凄惨惨戚戚。

忽暖忽寒季节，

最难调养安息。

三两杯淡酒，

怎抵得住晚上风急！

正伤心的时候，

大雁过去了，

它却是我旧日的相识。

菊花谢落，
满地堆积。
憔悴枯黄，
如今有谁还会来摘？
守着窗户，
一个人我怎么能挨到天黑！
更加细雨落在梧桐上，
到黄昏还滴滴答答不停息。
这光景，
怎么能用一个愁字了结！

诗

浯溪中兴颂诗和张文潜二首[①]

关于本诗的写作时间有两说：一是清照十七岁前后，二是十九岁即崇宁元年（1102）权奸蔡京用事时。张耒与李格非是好友，故清照和其诗。张文潜的诗，歌颂唐代中兴元老，李清照的诗则另辟蹊径，着重表现玄宗晚年的沉湎声色与悲剧命运，揭发安史之乱的祸害及其根源，批判唐肃宗的不孝以及后人著碑铭德的愚蠢行径，把批判的矛头指向玄宗、肃宗以及奸邪之徒。诗人的用意是借古讽今，用历史的教训告诫当时的统治集团。两诗表现了青年时代的李清照的卓越见解。

五十年功如电扫[②]，华清宫柳咸阳草[③]。五坊供奉斗鸡儿[④]，酒肉堆中不知老。胡兵忽自天上来[⑤]，逆胡亦是奸雄才[⑥]。勤政楼前走胡马[⑦]，珠翠踏尽香尘埃。何为出战辄披靡[⑧]，传置荔枝多马死[⑨]。尧功舜德本如天，安用区区纪文字⑩。著碑铭德真陋哉，乃令神鬼磨山崖。子仪光弼不自猜⑪，天心悔祸人心开。夏商有鉴当深戒⑫，简策汗青今具在⑬。君不见当时张说最多机⑭，虽生已被姚崇卖⑮。

【注释】

① 浯(wú)溪：在湖南祁阳西南，唐诗人元结在溪畔筑室而居。中兴颂：即元结于唐肃宗上元二年(761)撰写的《大唐中兴颂》，歌颂唐肃宗平定“安史之乱”的功绩。于唐代宗大历六年(771)刻在浯溪石崖上，成《中兴颂碑》，碑文由唐著名书法家颜真卿书写。和(hè)：和韵。依别人诗词的原韵作诗相和，叫和韵。张文潜(1052—1112)，名耒，北宋诗人，苏轼门下四学士之一。张耒诗原题作《读中兴颂碑》。此诗刻碑，碑文由秦观书写。② 五十年功：指唐玄宗在位约五十年间的功业。玄宗在位四十五年，云五十年，是计其成数。如电扫：形容五十年的功业被迅速破坏。③ 华清宫：唐玄宗建在咸阳附近骊山上的宫殿，是玄宗避寒处。咸阳：秦朝京城，唐时为县。④ 五坊：唐时有五坊：雕坊、鹘坊、鹞坊、鹰坊、狗坊，是为皇帝饲养珍禽异兽的官署。斗鸡儿：《岁时广记》卷十七引《东城父老传》：“明皇(即玄宗)乐民间清明节斗鸡戏。及即位，治鸡坊，索长安雄鸡金尾、铁距、高冠、昂尾千数，养于鸡坊，选六军小儿五百，使教饲之。”⑤ 胡兵忽自天上来：指唐天宝十四载(755)平卢、范阳、河东三镇节度使安禄山起兵作乱，攻下洛阳，次年攻下长安。天上来：形容胡兵来得突然。⑥ 逆胡：安禄山是唐营州柳城(今辽宁朝阳)人，系少数民族，因

作乱叛唐，故称逆胡。奸雄：奸人的魁首，权诈欺世的野心家。典故出于《三国志·魏志·武帝纪》裴松之注引《世语》："太祖尝问许子将我为何人？子将不答。固问之，子将曰：'子治世之能臣，乱世之奸雄。'太祖大笑。"这里指安禄山。⑦ 勤政楼：勤政务本楼的简称。开元年间建于兴庆宫的南面。⑧ 披靡：退却，军队溃败。⑨"传置"句：杨贵妃嗜食鲜荔枝，为此设置传骑，用快马从南海接力运送至京，也不知累死多少马匹。⑩ 区区：小。文字：文章。⑪ 子仪光弼：即郭子仪、李光弼，都是平定安史之乱的名将。他们通力合作，互不猜忌。⑫ 夏商有鉴：夏桀、殷纣灭亡的教训，一切统治者应当引以为戒。⑬ 简策：指竹简。古代没有纸，把字写在竹简上。汗青：即竹简。新竹有水分，容易朽蠹，故制作简要先在火上烤，烤时水分溢出如出汗。⑭ 张说(667—730)：唐洛阳人，累官中书令，封燕国公。多机：心机很多。⑮ 姚崇(650—721)：唐玄宗时的贤相。临终前，告诉其子，张丞相与己有嫌隙，但此人爱好玩物，他来吊丧时，你们将宝玩罗列帐前，若他不看，那么全族都将遭殃；若他玩赏，你们就将宝器送给他，并请他为我写碑文。得碑文后立即上奏与镌刻，倘若他后悔，要取回碑文，就以已经刊刻和上奏来推辞。后来事情的发展果如姚崇生前所料。张说悔恨地说："死姚崇颇能算生张说，吾今知才之不如也远矣。"此处以张说、姚崇同为宰辅，互相倾轧，暗喻当时朝廷中的各派相互猜忌倾陷。

【翻译】

五十年的功业风掣电扫，

只留下华清宫的衰柳咸阳道上的野草。
当年五坊供养了多少斗鸡儿，
沉湎酒色不知道人会老。
忽然胡兵从天降，
叛逆的胡人也是奸雄枭将。
勤政楼前跑胡马，
踏尽珠翠，尘土也变香。
每战必败原因何在？
传送荔枝马匹死光。
尧功舜德比天高，
何必夸功写文章。
立碑颂德真鄙陋，
还叫鬼神磨山岗。
子仪、光弼同心德，
不降灾祸人心欢畅。
典籍史册现今都在，
夏商朝的教训应记牢。
君不见当年的张说最诡诈，
却中了临终姚崇的高着！

又

君不见惊人废兴传天宝①，中兴碑上今生草。不知负国有奸雄②，但说成功尊国老③。谁令妃子天上来，虢、秦、韩国皆天才④。苑桑羯鼓玉方响⑤，春风不敢生尘埃⑥。姓名谁复知安史⑦，健儿猛将安眠死⑧。去天尺五抱瓮峰[9]，峰头凿出开元字[10]。时移势去真可哀[11]，奸人心丑深如崖[12]。西蜀万里尚能返[13]，南内一闭何时开[14]。可怜孝德如天大[15]，反使将军称好在[16]。呜呼！奴辈乃不能道："辅国用事张后尊[17]。"乃能念："春荠长安作斤卖[18]。"

【注释】

①天宝：唐玄宗李隆基年号。废：指天宝十四载（755）发生的安史之乱，使得玄宗四十余年的统治因此垮台。兴：指玄宗时的开元、天宝盛世。传：指传说天宝遗事。②奸雄：此指安禄山、史思明。③国老：国家的元老，指平定安史之乱中有功的老臣。④虢、秦、韩国：唐玄宗给杨贵妃的三个姐姐封国夫人之号，大姐韩国夫人、三姐虢国夫人、八姐秦国夫人。杨氏姐妹，出入宫廷，势倾天下。⑤苑桑：即热闹的意思。羯鼓、方响：都是打击乐器。唐玄宗善击羯鼓，此指他在宫中的享乐生活。⑥"春风"句：以春风不敢扬起尘埃，来形容唐宫内的歌舞升平气象。⑦"姓名"句：指朝廷不能预测祸机，不能认清安、史面目。⑧"健儿"句：指将帅骄惰，安于和平逸乐，武备松弛。⑨抱瓮峰：又叫瓮肚峰，在华山上。去天尺五：形容山之高。⑩开元字：唐玄宗曾想在华山云台观抱瓮峰上，凿"开元"二大字，填以白石，使百余里外都能望见，后纳谏而止（见唐郑綮《开天传信记》）。⑪时移势去：指唐肃宗即位，唐玄宗失势。⑫奸人：指肃宗时专权的太监李辅国之流。⑬"西蜀"句：意思是安史之乱时，唐玄宗幸蜀，西蜀与长安相隔很远，但乱事平定后，还能回到长安。⑭南内：唐都

有大内、西内、南内。南内在大内以南，本是李隆基旧邸，开元二年，名为兴庆宫。十六年玄宗于此听政。玄宗爱兴庆宫，自西蜀返回后曾住此。该宫楼临大街。为使玄宗与外界隔绝，肃宗的太监李辅国以肃宗旨令为名，迫玄宗迁往西内，将南内关闭。此两句是说玄宗被幽禁于深宫。⑮“可怜”句：用反语讽刺肃宗不孝。⑯ 将军：指玄宗的太监高力士，曾任右监门卫将军和骠骑大将军。好在：好否。据史载李辅国逼玄宗迁居时，玄宗扈从部伍不过老弱二三十人，而李部刀刃辉日，玄宗惊恐得几乎落马。高力士责备李辅国“不宜无礼”，又宣太上皇诰云：“诸将士各得好在？”李辅国只得下令兵士将刀插入鞘中，祝“太上皇万福”，共同护持太上皇平安到西内。第二天，李辅国即构陷高力士等，将高充军远恶之地(事见《资治通鉴·唐纪三十七》)。⑰ 奴辈：指高力士。高是宫内太监，身份等于奴仆。辅国：肃宗时，太监李辅国专权，与张皇后互相勾结，干预政事。唐肃宗欲诛李，畏其握兵权，而犹豫不决。⑱ 春荠：春天的荠菜。高力士在流放途中，看见巫州荠菜很多，但人们不食，因作一诗：“两京作斤卖，五溪无人采。夷夏虽不同，气味终不改。”

【翻译】

君不见，天宝年流传的惊人兴衰，

中兴碑上如今已经长满青草。

人们不知道有祸国的奸雄，

只说平乱的成功尊功臣为国老。

是谁使杨妃从天而降？

虢、秦、韩三国夫人都成为天娇？
羯鼓鸣方响奏，
美妙的乐曲彻夜不断，
连春风也不敢让尘土飞飘。
安、史的姓名有谁知道，
猛将健儿终年在安逸中死掉。
还想在高矗云天的抱瓮峰上，
凿出“开元”两字自我夸耀。
时移势去真可悲，
奸徒心计深险如山崖。
西蜀虽远万里还能回转来，
南内大门一闭何时再能开？
可怜肃宗孝心与天齐，
反倒要将军保驾宣旨称“好在”，
呜呼！
奴辈不敢说：
辅国、张后专权用事，
只能说：长安春荠论斤卖。

晓　梦

此诗记一次晨梦。诗人随着稀疏的钟声，飘然上升到了仙境。仙人自由自在的生活，令她不想返回旧家。作品表现了诗人对现实生活的不满和摆脱束缚的愿望。末四句写梦醒后的苦闷，诗人从幻想世界返回到现实生活，更加厌恶繁华喧闹的生活，埋怨美丽的幻想不能实现。诗的境界开阔，风格飘逸，富有浪漫主义色彩。

晓梦随疏钟①，飘然跻云霞②。因缘安期生③，邂逅萼绿华④。秋风正无赖⑤，吹尽玉井花⑥。共看藕如船，同食枣如瓜⑦。翩翩坐上客⑧，意妙语亦佳。嘲辞斗诡辩⑨，活火分新茶⑩。虽非助帝功，其乐莫可涯⑪。人生能如此，何必归故家⑫。起来敛衣坐⑬，掩耳厌喧哗。心知不可见，念念犹咨嗟⑭。

【注释】

① 疏钟：稀疏的钟声。② 跻(jī)：升。③ 因缘：因与缘

同义,“凭借”的意思。安期生:秦琅琊人,东海边卖药。当时人称他为千岁翁,是传说中的仙人。④ 邂逅(xiè hòu):不期而会。萼绿华:传说中的古代仙女。⑤ 无赖:无聊,没有道理。没有意思。⑥ 玉井花:指荷花。玉井:太华峰上的小地名。韩愈《古意》诗:“太华峰头玉井莲,开花十丈藕如船。”⑦ 枣如瓜:《史记·封禅书》中说:方士李少君对汉武帝说,曾经在海上遇见安期生,他吃的枣子如瓜一样大,并说安是仙人,居住在蓬莱,愿意见人就出现,不愿则隐去。⑧ 翩翩:形容众仙人仪态风流潇洒。⑨ 嘲辞:嘲谑的话语。斗:竞赛。诡辩:议论机智深曲的意思。⑩ 活火:旺盛的火。分新茶:指用新茶叶做分茶游戏。详见《摊破浣溪沙》(病起萧萧两鬓华)注②。⑪ 涯:边际、极限。⑫ 故家:旧家。⑬ 敛衣:整衣。⑭ 咨嗟:叹息。

【翻译】

疏朗的晨钟催我入梦乡,
飘飘身轻登云霞。
有缘碰上安期生,
又意外遇到仙女萼绿华。
哪知秋风太无理,
吹尽了太华峰头玉井花。
一起看莲藕大如船,
一起尝鲜枣大如瓜。
座上宾客无不风流潇洒,
意气高妙词语更佳。
嘲笑争辩谈怪论,

火旺烟轻玩分茶。
不是辅佐天帝建功业，
却是自有欢乐无边涯。
人生如能这样过，
何必一定要回家！
梦醒起身整衣坐，
捂住双耳驱喧哗。
明知梦境难亲见，
想想还是惋惜它。

感　怀并序

本诗是李清照初到莱州时所作。诗人厌恶官场应酬、钱财交往，向往宁静的书斋生活，在雅谑中表现了诗人高尚的生活情趣。本篇风格诙谐，系自嘲之作。

宣和辛丑八月十日到莱①。独坐一室，平生所见，皆不在目前。几上有《礼韵》②，因信手开之，约以所开为韵作诗，偶得"子"字，因以为韵，作《感怀》诗云。

【注释】

① 宣和辛丑：宋徽宗宣和三年，即1121年。②《礼韵》：即宋代官颁韵书《礼部韵略》，考试时须以此为据，不依《广韵》与《集韵》。

寒窗败几无书史，公路可怜合至此①。

青州从事孔方兄②，终日纷纷喜生事。
作诗谢绝聊闭门，燕寝凝香有佳思③。
静中我乃得至交，乌有先生子虚子④。

【注释】

① 公路：汉末军阀袁术字公路。当他兵败绝粮，盛暑天气，欲食蜜浆却没有时，乃大咤曰："袁术至于此乎！"因顿伏床下，呕血斗余。李清照并未绝粮，只是因为"平生所见，皆不在目前"，似乎室中无所有，因而借典自喻。② 青州从事：《世说新语·术解》中记载，桓公幕府中有一主簿，善于辨别酒的好坏，故凡有酒，就叫他先品尝，他把好酒称为"青州从事"，是用谐音戏谑。因青州有齐郡，"齐"谐音"脐"，"从事"本为官名，此意谓酒一直到脐部。故后世称美酒为青州从事。孔方兄：指钱。因旧时钱币中有一方孔。晋鲁褒《钱神论》："亲之曰兄，字曰孔方。"③ 燕寝：古代帝王寝息之所，亦称内寝、小寝。后世高级官员亦以此称官廨。④ 乌有先生子虚子：汉司马相如《子虚赋》中假托的人物乌有先生和子虚。子虚，虚言也，子，尊称。乌有先生，无有此事也。故乌有、子虚都是无的意思。

【翻译】

宣和三年八月十日，我到达莱州。独自坐在房里，以往常见的东西都不在眼前了。几案上有《礼部韵略》一书，于是随手翻开。我想好以打开的书页上的那个字为韵作诗，无意地得了个"子"字，便以"子"字为韵，写了《感怀》诗。

残窗破几无好书，
运同公路穷到此。
酒大官人钱老兄，
乱乱纷纷好生事。
闭门谢客聊写诗，
屋空生香有妙思。
静中结挚友，
便是乌有先生子虚子。

乌　江

本诗题亦作《夏日绝句》。通过歌颂项羽不肯忍辱偷生、渡江而东的英雄行为，来讽刺宋高宗苟安江南，不图北上的妥协投降态度，表现了诗人的爱国热忱与昂扬的人生观。是诗人后期之作。

生当作人杰，死亦为鬼雄。
至今思项羽①，不肯过江东。

【注释】

① 项羽：名籍，秦末农民起义军领袖，他领导的楚军，在推翻暴秦的统治中起了重要作用。后在楚汉战争中，被刘邦等诸侯军围困于垓下，项羽冲出重围，退到乌江边时，乌江亭长预备了船只，准备渡项羽过江，但项羽谢绝说："籍与江东子弟八千渡江而西，今无一人还，纵江东父兄怜我而王我，我何面目见之！"不肯渡江，杀汉军数百人后，自

刎而死。

【翻译】

活着就应该是人中豪杰，
死了也要做一个鬼中英雄。
直到如今我还默想项羽，
追兵来时他不肯渡过江东。

咏　史

靖康二年(1127)金人攻陷汴京，掳去徽宗、钦宗，立宋朝投降派的头目张邦昌做傀儡皇帝，国号楚，继而又立刘豫为齐帝，一些卖国贼依附伪政权。诗人借古讽今，歌颂反对司马氏篡魏的嵇康，表现对伪政权极度的蔑视。不过，嵇康菲薄商汤、周武王不一定是对的，诗人用典只是借题发挥而已。

两汉本继绍①，新室如赘疣②。
所以嵇中散③，至死薄殷周④。

【注释】

① 两汉：指西汉与东汉。继绍：继承。全句意思是东汉政权继承了西汉政权。② 新室：指西汉末王莽篡权，建立新朝。赘疣(zhuì yóu)：在人体上增生的肉块。比喻多余事物，诗中喻指当时在金人扶植下建立的伪齐、伪楚政

权，如人体上的毒瘤。③ 嵇中散：嵇康，字叔夜，魏晋诗人，因曾任中散大夫，故称嵇中散。他不满当时的黑暗政治，始终拒绝与司马氏合作，因而被司马昭所杀。④ 薄殷周：嵇康的朋友山涛任选曹郎，他推荐嵇康自代。嵇康不仅拒绝，而且写了《与山巨源绝交书》，信中声言自己“每非汤武而薄殷周”，表示鄙视俗流。

【翻译】

东汉继西汉是合法的继承，
王莽立新朝像多余的毒瘤。
嵇康就是因为这个缘故，
才到死看不起背离前朝的商周。

春　　残

这是南渡后的一首思乡悼亡之作。本诗用的是反衬笔法，通过对客观景物的描写，委婉地抒发了悼亡之情，梁上燕子，雌雄相对，呢喃交谈；一阵春风，将浓郁的蔷薇花香，送进室内。这在赵明诚生前，是赏心悦目的景色，而今只能增添诗人伤感的情绪。

春残何事苦思乡，病里梳头恨发长。
梁燕语多终日在①，蔷薇风细一帘香②。

【注释】

① 梁燕语多：梁上燕子叫唤不已。欧阳修《蝶恋花》词："梁燕语多惊晓睡，银屏一半堆香被。" ② "蔷薇"句：指春风将蔷薇香带进帘内。唐高骈《山亭夏日》诗："水精帘动微风起，满架蔷薇一院香。"

【翻译】

残春时节为何苦苦思念家乡，
病起梳头总恨这头发太长。
梁上燕子从早到晚双双呢喃不停，
轻风穿过绣帘送来蔷薇的芳香。

上枢密韩肖胄诗(二首选一)

本诗充满浪漫主义的想象。第一联想象北方人民热烈欢迎南宋使者的情景。第二联由人及物,想象北宋宫殿完好,鹊鸟惊喜,表达了人民殷切期望恢复国土的心情。第三联起转为议论,说明收复失土,不仅人心所归,也是天命所向。第四联对当政者委婉地提出批评,表现了诗人对敌人狡诈本质的清醒认识。

绍兴癸丑五月①,枢密韩公、工部尚书胡公使虏②,通两宫也③。有易安室者④,父祖皆出韩公门下⑤。今家世沦替⑥,子姓寒微⑦,不敢望公之车尘⑧。又贫病,但神明未衰落⑨,见此大号令⑩,不能忘言。作古、律诗各一章⑪,以寄区区之意⑫,以待采诗者云⑬。

【注释】

① 绍兴癸丑:宋高宗绍兴三年(1133)。② 枢密韩

公：即韩肖胄，因担任同佥书枢密院事（即枢密院副长官，枢密院是军机防务的最高机关），故称枢密韩公。工部尚书胡公：指胡松年，他原任给事中，以试工部尚书身份出使金，任副使。使虏：指出使金朝。虏：对少数民族的蔑称。③ 两宫：指宋徽宗赵佶、钦宗赵桓，当时都被俘在金。④ 易安室：李清照归居青州时的室名，她常以此代替自称。⑤ 父祖皆出韩公门下：韩肖胄的曾祖韩琦在宋仁宗、英宗、神宗三朝为相，祖父韩忠彦在徽宗建中靖国为相，李清照父亲李格非及祖父（已失名）大概都得到过他们的推荐，故云出其门下。⑥ 沦替：败落。⑦ 子姓：子孙。⑧ 不敢望公之车尘：不敢去拜见的意思。⑨ 神明：指人的神态、意识。⑩ 大号令：指南宋派遣韩肖胄、胡松年出使金朝的命令。⑪ 作古、律诗各一章：律诗一首即本书选的一首。古诗一首，《宋诗纪事》本分为二首，与序意明显不合，似应从《云麓漫钞》本订为一首。⑫ 区区之意：忠爱之意。⑬ 采诗者：我国古代设有采诗官，从民歌中观民风，知政治的得失。

想见皇华过二京①，壶浆夹道万人迎②。
连昌宫里桃应在③，华萼楼头鹊定惊④。
但说帝心怜赤子⑤，须知天意念苍生⑥。
圣君大信明如日⑦，长乱何须在屡盟⑧。

【注释】

① 皇华：很大的光华，是称颂使臣之辞。《诗经·小雅·皇华》序："皇皇者华，君遣使臣也。送之以礼乐，言

远而有光华也。”二京：南宋时宋使到金朝，必须经过北宋时的东京(今河南开封)、南京(今河南商丘)、北京(今河北大名)，此二京是泛言。② 壶浆：以竹篮盛饭食，以壶盛酒浆来欢迎百姓拥护的军队。《孟子·梁惠王》下：“箪食壶浆，以迎王师。”诗中指南宋使臣。③ 连昌宫：唐代宫殿，在洛阳。诗中指代北宋宫殿。④ 华萼楼：即唐玄宗时的花萼相辉楼，在长安。此借指北宋宫邸。⑤ 帝心：皇帝之心。赤子：指人民百姓。⑥ 天意：上天之意。苍生：百姓。⑦ 圣君：指宋高宗赵构。⑧ 长乱：《诗·小雅·巧言》：“君子屡盟，乱是用(因此)长。”全句意思是讽刺宋高宗只知屡次与金会盟议和，而不图抗敌复土，只能助长战祸。

【翻译】

绍兴三年五月，同佥书枢密院事韩公、工部尚书胡公出使金朝，前往探望徽、钦二帝。我的父祖辈都出自韩公门下。如今李氏家世衰落，子孙卑贱，不敢前往拜谒韩公；又贫困多病，只是神志尚没有糊涂，看到这样重大的出使命令，不能不说上几句。就作了古诗、律诗各一首，借以寄托内心对国家的一点忠诚，以等待采诗者来采纳。

我能想象使者经过二京的情景，
成千上万的人捧着美酒夹道欢迎。
旧时宫里的千叶桃树应该还在，
往日楼阁的喜鹊一定也惊喜万分。

人们只说皇上对人民有怜悯之心，
要知道老天爷也同情受苦的百姓。
圣明君主的信义光明犹如白日，
又何必屡屡议和使祸乱延伸。

夜发严滩①

绍兴四年(1134)九月，金兵与伪齐军合兵南侵，诗人从临安往金华避难，夜过严滩，深有感触，因此赋诗。本诗以世人的为名利钻营奔忙与严光的不仕对照，批判那些不顾国家安危而孜孜以求的利禄之徒。从此可见诗人的高尚情操。

巨舰只缘因利往，扁舟亦是为名来。
往来有愧先生德②，特地通宵过钓台。

【注释】

①严滩：也称子陵滩，在浙江省桐庐县东南富春江中。东西二台，各高数百尺，是东汉严子陵隐居垂钓的地方。②先生：指严光，东汉余姚人，字子陵，曾与东汉光武帝刘秀同游学。刘秀即位后，他改名隐姓，不与刘秀见面。刘秀召他进京，封为谏议大夫，他不肯受，归隐富春山，耕

钓一生。德:指严光蔑视功名富贵的高尚品德。

【翻译】

大船只是因为谋利才去,
小舟也是为了沽名而来。
先生的品德使往来的人惭愧,
他们特地趁黑夜悄悄过钓台。

题八咏楼

此诗是绍兴六年(1135)避难金华时游楼所作。首句是历史的回顾,接着触景生情,慨叹现实,三四句从辽阔的空间,表现金华"气压江城十四州"的气势,进一步反衬出诗人对南宋国事的忧愁。

千古风流八咏楼①,江山留与后人愁。
水通南国三千里②,气压江城十四州③。

【注释】

① 八咏楼:在今浙江金华,本名"元畅楼",沈约为东阳太守时,曾题诗于此,故后人改名为八咏楼。② 南国:指江南一带地方。③ 江城:指江边的城。十四州:《宋史·地理志》:"两浙路辖府二,即平江、镇江,州十二,即杭、越、湖、婺、明、常、温、台、处、衢、严、秀。"二府十二州,故称十四州,金华即婺州。

【翻译】

八咏楼风流文采已千秋，
好江山留给后人添忧愁。
婺江水长通达江南三千里，
城池气雄压倒两浙十四州。

分得知字韵①

本诗是作者大约在四十几岁时写的。全诗表现了怀才不遇的情绪,希望有杨敬之这样的好奇之士,推荐自己的诗才。“项斯”应为诗人自许之词,可见李清照对自己的诗才是颇自负的。

学诗三十年，缄口不求知②。
谁遣好奇士③，相逢说项斯④。

【注释】

① 分得知字韵:作诗时,采用分韵的方法,即从一句诗文中各人分拈一字,依其韵作诗。诗人拈得“知”字韵。② 缄口:闭口。③ 遣(qiǎn):使,教。④ 项斯:唐朝诗人,字子迁,当初他能诗而未有名,因而以诗卷谒见国子监祭酒杨敬之。杨赏识其才,赠诗曰:“处处见诗诗总好,及观标格过于诗。平生不解藏人善,到处相逢说项斯。”由此诗

闻长安，次年遂登高科。故“说项斯”意思即为人扬誉。

【翻译】

我学习做诗已有三十年了，
总是闭着口不求他人知赏。
谁能教喜欢奇才的人士，
像当年杨敬之逢人就把项斯誉扬。

偶　　成

此诗为悼念赵明诚而作。诗人睹物伤情，思今追昔，感怀不已。本诗明白如话，一气呵成，自是情深意笃之作。

十五年前花月底，相从曾赋赏花诗。
今看花月浑相似，安得情怀似昔时。

【翻译】

十五年前花前月下，
我们一起共写赏花诗。
花容月色与当年浑然相似，
怎样才能使我的心情还像当时。

文

词　　论

本文没有涉及南渡后的词坛，故可推定是李清照南渡前写的。《词论》的主要内容是阐述词的合乐的特点和文学上的要求。李清照十分强调词的音律，认为词必须能配乐歌唱，提出了“词别是一家”的主张。她反对郑卫之声、靡靡之音，要求词合乐协律、富情致、高雅、浑成、铺叙、典重、故实。在提出自己的见解时，对她以前的词坛名家进行了评论，乃至尖锐的批评，表现了李清照在学术上的胆识。李清照对诸名家之作一般说是全面地衡量其得失的，如批评李璟、李煜的词是“亡国之音”，又肯定他们“尚文雅”；批评柳永“词语尘下”，又肯定他的慢词长调“协音律”、“变旧声作新声”。当然，作为一家之言，不可能没有片面之处。《词论》是宋代词坛上第一篇理论文章，是一篇扼要地总结词的发展、富有独创性见解的专论，在词史上有重要的价值。

乐府声诗并著①，最盛于唐。开元、天宝间②，有李八郎者③，能歌擅天下。时新及第进士开宴曲江④，榜中一名士先召李，使易服，隐姓名，衣冠故敝，精神惨沮⑤，与同之宴所，曰："表弟愿与坐末。"众皆不顾。既酒行，乐作，歌者进，时曹元谦、念奴为冠⑥。歌罢，众皆咨嗟称赏。名士忽指李曰："请表弟歌。"众皆哂⑦，或有怒者。及转喉发声，歌一曲，众皆泣下。罗拜曰："此李八郎也。"自后郑、卫之声日炽⑧，流靡之变日烦，已有《菩萨蛮》、《春光好》、《莎鸡子》、《更漏子》、《浣溪沙》、《梦江南》、《渔父》等词⑨，不可遍举。

【注释】

① 乐府：原是秦汉时的音乐官署，负责搜集民歌、写诗谱乐，因此后人又将能入乐的诗称为乐府。声诗并著：乐曲和歌辞都著名。② 开元、天宝间：开元、天宝都是唐玄宗的年号。③ 李八郎：即李衮，唐代有名的歌手。唐代有斗声乐以较胜负的风气，下文中描写的即是这一情况。④ 及第：科举考中。因为列榜时分甲乙次第，故称"及第"。曲江：在长安城东南，是唐代京城的名胜之一，唐代新及第的进士都在这里宴会，叫曲江宴。⑤ 惨沮（jǔ）：惨淡抑郁。⑥ 曹元谦：生平不详。念奴：天宝年间著名的歌妓，有姿色。⑦ 哂（shěn）：讥笑。⑧ 郑、卫之声：郑、卫是春秋时两个诸侯国，这两地新兴的音乐，被儒家认为是乱世之音，靡靡之音。与下文"流靡之变"互文见义。炽（chì）：一天天的兴旺。⑨"已有"句：所举都是词调名。《菩萨

蛮》、《春光好》、《更漏子》、《浣溪沙》、《梦江南》、《渔父》都是传世的唐人词调。《莎鸡子》在今存唐人词中未见。

五代干戈①，四海瓜分豆剖②，斯文道熄③。独江南李氏君臣尚文雅④，故有“小楼吹彻玉笙寒⑤”、“吹皱一池春水⑥”之词。语虽奇甚，所谓“亡国之音哀以思”者也⑦。

【注释】

① 五代：即梁、唐、晋、汉、周。干戈：原为两种兵器名，引申为战争。② 四海：古代用来代表中国。瓜分豆剖：比喻国土被人分割。③ 斯文道熄：指诗词创作衰落。④ 江南李氏君臣：指南唐国君李璟、后主李煜、大臣冯延巳等人。李璟为周世宗大败后改号江南国主，故称江南李氏。⑤“小楼吹彻玉笙寒”：李璟《浣溪沙》词中的名句，句意为思妇吹笙，清寒入骨。⑥“吹皱一池春水”：冯延巳《谒金门》中的名句，以被吹皱了的一池春水隐喻思妇情绪的波动。⑦ 亡国之音哀以思：《礼记·乐记》：“亡国之音哀以思，其民困。”思：哀怜、哀伤的意思。

逮至本朝①，礼乐文武大备，又涵养百余年，始有柳屯田永者②，变旧声作新声③，出《乐章集》④，大得声称于世⑤。虽协音律，而词语尘下。又有张子野⑥、宋子京兄弟⑦、沈唐⑧、元绛⑨、晁次膺⑩辈继出，虽时时有妙语，而破碎何足名家。至晏元献、欧阳永叔、苏子瞻⑪，学际天人⑫，作为小歌词，直如酌蠡水于大海⑬，然皆句读不葺之诗尔⑭，又往往不协音律者。何耶？盖

诗文分平侧[15]，而歌词分五音[16]，又分五声[17]，又分六律[18]，又分清浊轻重[19]。且如近世所谓《声声慢》、《雨中花》、《喜迁莺》，既押平声韵，又押入声韵；《玉楼春》本押平声韵，又押上、去声，又押入声。本押仄声韵，如押上声则协；如押入声，则不可歌矣[20]。王介甫、曾子固，文章似西汉[21]，若作一小歌词，则人必绝倒，不可读也。

【注释】

① 本朝：指宋朝。② 柳屯田永：即柳永，北宋著名词人。因任屯田员外郎(工部屯田司的助理官)，所以世称柳屯田。词作近二百首。柳永发展长调的体制，运用民间俚俗语言和铺叙手法，反映知识分子的怀才不遇与市民、歌妓的生活，在当时流传很广。③ 变旧声作新声：指柳永在唐、宋旧曲的基础上，创制大量适合歌唱的新乐府。这些慢词以篇幅较长，句子错综不齐为特色。④《乐章集》：柳永词集名。⑤ 声称：声誉、称誉。⑥ 张子野：即张先，北宋词人。官至都官郎中。⑦ 宋子京兄弟：即宋庠、宋祁(字子京)。宋庠官至宰相，但宋人载籍未言其能词；宋祁官至翰林学士承旨，词作不多。⑧ 沈唐：字公述，北宋词人。⑨ 元绛：字厚之，官至参知政事，词作传世甚少。⑩ 晁次膺：即晁端礼，北宋词人。⑪ 晏元献：即晏殊，元献为谥号。北宋词人。仁宗时做宰相。他所作词内容上大致是男欢女爱，离情别绪等传统题材，但风格疏淡，语言也极凝炼自然，多少摆脱了浓艳的脂粉气。有《珠玉集》。欧阳永叔：即欧阳修，官至副宰相，北宋中叶文坛的领袖，今传词集《六一

词》，内容虽是士大夫的闲情逸致，但写得清丽明媚，语近情深。苏子瞻：即苏轼，北宋著名的文学家。词今传《东坡乐府》三百多首，他以诗为词，扩展了词的内容。怀古、咏史、说理、谈玄、感时伤事、描绘山水、抒写身世等，一扫晚唐五代以来文人词柔靡纤弱的气息，词的意境清新，风格豪迈，开创了词的豪放派。⑫ 天人：才高的人。⑬ 蠡（lí）：瓠瓢。⑭ 句读（dòu）：也叫句逗。古时文辞语意已尽处为句，语意未尽而须停顿处为读，书面上用圈（句号）和点（读号）来标记。不葺（qì）：长短不齐。⑮ 诗文：主要指诗，文如骈赋、律赋也要讲究平仄。平侧：也叫平仄。平指四声中的平声，仄指四声中的上、去、入三声。旧时作诗以平声与仄声相互调节，使诗富有声韵美。⑯ 五音：音韵学家按照声母的发音部位分喉音、牙音、舌音、齿音、唇音五类，叫五音。⑰ 五声：指宫、商、角、徵、羽。⑱ 六律：律管（定音器）中合于阳声者，即黄钟律、太簇律、姑洗律、蕤宾律、夷则律、无射律。⑲ 清浊轻重：清浊即阴阳，阴声字清轻，阳声字重浊。⑳“本押仄声韵”四句：俞正燮《癸巳类稿·易安居士事辑》云：“谓本平可通侧，不拘上去入；若本侧则上去入不可相通。”㉑ 王介甫：即王安石。诗文成就很高，词作虽不多，但能一洗五代绮靡旧习。曾子固：即曾巩，唐宋八大散文家之一。

乃知词别是一家，知之者少。后晏叔原、贺方回、秦少游、黄鲁直出①，始能知之。又晏苦无铺叙；贺苦少典重；秦即专主情致，而少故实，譬如贫家美女，虽极妍丽丰逸，而终乏富贵态；黄即尚故实，而多疵病，譬如良玉有瑕，价自减半矣。

【注释】

①晏叔原：即晏几道，有《小山词》，词伤感凄楚，词多小令，少长调。贺方回：即贺铸，有《庆湖遗老集》、《东山词》。秦少游：即秦观，他的词誉很高，以情韵见长，善于刻画，文字精密，是北宋婉约派的代表作家。有《淮海词》，又名《淮海居士长短句》。黄鲁直：即黄庭坚，是江西诗派的开山祖，词和秦观齐名，喜用生字俚句，有《山谷词》。

【翻译】

乐府最兴盛在唐代，它的乐曲和歌辞都很突出，闻名于世。开元、天宝年间有个叫李八郎的歌手，以善唱歌名扬天下。当时新及第的进士在曲江开宴会，有一位中榜的名士先召请李八郎，叫他更换衣服，隐去姓名，衣帽破旧，神态沮丧地和他同到宴所，说："我的表弟愿陪坐末位。"众人都不理睬。饮酒开始后，奏起音乐，歌手进场，当时以曹元谦、念奴唱得最好。歌唱完后，众人都嗟叹赞赏。这时名士忽然指着李说："请表弟唱。"众人都讥笑起来，甚至有发怒的。等到李婉转发声，唱完一曲时，众人都感动得流下泪来，围拢作揖说："这位一定是李八郎吧！"此后，发源于郑、卫的淫靡之声一天比一天旺盛，靡靡之音一天比一天多起来。已有的《菩萨蛮》、《春光好》、《莎鸡子》、《更漏子》、《浣溪沙》、《梦江南》、《渔父》等词调，不能全举。

五代时战争纷繁，中国国土如分瓜剖豆一般被人分割，斯文之道衰息。独有江南李氏君臣崇尚文学艺术，所以有“小楼吹彻玉笙寒”、“吹皱一池春水”的名句。语句虽然奇佳，却是所谓“亡国之音悲伤哀怜”之类呵。

及至本朝，礼乐文武都非常齐备，又孕育培养了百余年，开始有屯田员外郎柳永改变旧乐章，创制新乐章，出了《乐章集》，在社会上赢得了极大的声誉。虽然柳永词合音律，但是词语浅俗低下。又有张子野、宋子京兄弟、沈唐、元绛、晁次膺辈相继出现，虽然时时有妙语佳句，但是零零碎碎，怎能够称得上名家。到了晏元献、欧阳永叔、苏子瞻等人，学问渊博犹同天人，创作小歌词，不过像在大海中取一瓢水，然而他们作的词都是句子长短不齐的诗罢了，又往往不合音律。这是为什么呢？大概诗文分平侧声，而歌词分五音，又分五声，又分六律，又分清浊轻重。譬如近代的《声声慢》、《雨中花》、《喜迁莺》，既押平声韵，又押入声韵；《玉楼春》本来押平声韵，又押上、去声，又押入声。本押仄声韵的，如押上声就协律；如押入声，就不能唱了。王介甫、曾子固，文章像西汉作品那么好，若作一小歌词，那么人们必然会笑倒，因为不能读啊。

于是可知词是另一类文学体裁，而了解这一点的人却很少。后来晏叔原、贺方回、秦少游、黄鲁直出现，方始能够了解。但晏叔原词苦于欠缺铺陈叙述；贺方回词苦于典雅庄重不足；秦少游重视词的情韵，但是缺少典故史实，就像穷人家的美女，虽然长得极其妍丽、丰满、飘逸，但总缺乏雍容华贵的姿态；黄鲁直重视典故史实，但又多缺点，譬如美玉上有了瑕疵，价值自然降低一半了。

《金石录》后序

一般书序，多谀词，或就书论书，谈与著作有关的事，文字比较平实乏味。李清照这篇后序却写得不同寻常。除开头段至“可谓多矣”，交代作者、卷数、内容并对该书作出评价等必须的文字外，用大部分篇幅，叙写金石书画的收集与散佚的过程，并通过这一叙述，铺写了自己的家世、经历，抒发了遭罹变故后的悲痛情怀。所以，这篇后序不仅有自传的性质，而且反映了当时动乱苦难的时代，是研究李清照生平的重要资料。

右《金石录》三十卷者何①？赵侯德甫所著书也②。取上自三代，下迄五季，钟、鼎、甗、鬲、盘、匜、尊、敦之款识③，丰碑大碣、显人晦士之事迹④，凡见于金石刻者二千卷⑤。皆是正讹谬，去取褒贬，上足以合圣人之道，下足以订史氏之失者，皆具载之，可谓

多矣。呜呼！自王播、元载之祸⑥，书画与胡椒无异；长舆、元凯之病⑦，钱癖与传癖何殊。名虽不同，其惑一也。

【注释】

①《金石录》：是金石学的名著，赵明诚编著。金指古代铜器，如钟、鼎等，上刻的文字是研究古文字及古史的重要材料。石指丰碑石刻，如纪功碑、墓志铭等，也是重要的文献资料，可以补订史传的缺失。② 赵侯德甫：即赵明诚。古时州牧称侯，赵明诚作莱州、淄州、建康守，故李清照称他为“侯”。德甫：赵明诚的字，亦作德父、德夫。③ 钟、鼎、甗（yǎn）、鬲（lì）、盘、匜（yí）、尊、敦（duì）：商周时的铜器名称。这类铜器是古代王公大人所铸，用来记事或表彰功绩，有的仅刻爵氏姓名。款识（zhì）：古代铜器上所刻的文字。款：刻也。识：指钟鼎等铜器上的刻文。④ 丰碑：高大的记功德的碑。碣（jié）：圆顶的碑石。方者称碑，圆者称碣。显人：有地位，有声望的人。晦士：没有地位、声望的人。⑤ 凡：共。二千卷：指金石拓本共二千件，每件称为一卷。拓本是用纸贴在器物上，用墨拓出来的文字。⑥ 王播：唐文宗时人，官职为尚书左仆射，不闻其爱好书画，亦未有祸，非传写之错，即李清照用典之误。何义门校“王播”当作“王涯”，唐文宗时宰相。《新唐书·王涯传》中说，他家收藏的名书画很多，与官中收藏相等，平时秘不示人。他在甘露之变中死去后，被人破垣而入，剔取其金银财宝，而将书画委弃于道。元载：唐代宗时宰相，因贪赃专横而被诛杀，抄没他家产时，仅胡椒就多至八百多石（见《新唐

书·元载传》)。⑦ 长舆:晋和峤的字,家产丰厚如王者,但本性悭吝,人讥之为有钱癖。元凯:晋人杜预的字,酷好《左传》,著有《春秋经传集解》。《晋书·杜预传》中记载,杜预常说王济有马癖,和峤有钱癖,晋武帝便问杜预:"卿有何癖?"杜回答:"臣有《左传》癖。"

余建中辛巳始归赵氏①,时先君作礼部员外郎②,丞相时作吏部侍郎③,侯年二十一,在太学作学生④。赵、李族寒,素贫俭。每朔望谒告出⑤,质衣取半千钱入相国寺⑥,市碑文果实归,相对展玩咀嚼,自谓葛天氏之民也⑦。后二年,出仕宦,便有饭蔬衣练⑧,穷遐方绝域,尽天下古文奇字之志⑨,日就月将,渐益堆积。丞相居政府,亲旧或在馆阁⑩,多有亡诗、逸史、鲁壁、汲冢所未见之书⑪。遂力传写,浸觉有味⑫,不能自已。后或有古今名人书画,三代奇器,亦复脱衣市易。尝记崇宁间⑬,有人持徐熙牡丹图⑭,求钱二十万。当时虽贵家子弟,求二十万钱,岂易得耶?留信宿⑮,计无所出而还之。夫妇相向惋怅者数日。

【注释】

① 建中辛巳:宋徽宗建中靖国元年,即公元1101年。② 先君:指李清照的父亲李格非。因写《后序》时,李格非已去世,故称先君。礼部:中央掌管礼仪、祭享、贡举的官署。员外郎:为各司的次官。③ 丞相:指李清照的公公赵挺之。吏部侍郎:吏部是中央掌管全国官吏的官署。长官是尚书。侍郎是副长官。赵挺之最后官至尚书右仆射,所以文中称他为丞相。④ 太学:中国古代的大学,传授儒家

经典的最高学府。宋制国子监下设国子学与太学,高级官员子弟入国子学,八品以下官员子弟入太学,实际界限并不严格。⑤ 告:请。谒告:即告假。⑥ 相国寺:北宋汴京城最大的庙宇。寺内有书市,每月开放四五次。⑦ 葛天氏:我国传说中的古帝号。典出于陶渊明《五柳先生传》,文中称赞不慕荣利、悠然自得的五柳先生是“无怀氏之民欤?葛天氏之民欤?”⑧ 饭蔬:素食。练(shū):粗布。⑨ 古文奇字:指先秦文字。⑩ 馆阁:宋代修史藏书、校雠的处所,总名叫馆阁。宋初有三馆:昭文馆、史馆、集贤院。太宗时建崇文院,把三馆藏书迁入,又设书库,叫秘阁。赵挺之任相,在宋神宗元丰改制之后,三馆秘阁已改为秘书省。清照是沿用旧称,实即指秘书省。清照亲友有在秘书省任著作郎、校书郎等职的。⑪ 亡诗:指在《诗经》三百零五首以外亡佚的诗。逸史:正史以外的史书。鲁壁:孔安国《古文尚书序》中说,鲁恭王在拆孔子旧宅时,在壁中发现《古文尚书》。汲冢:晋太康二年,汲郡人不准,盗发魏襄王墓(一说安釐王冢),得竹书数十车。见《晋书·束皙传》。⑫ 浸:渐进。⑬ 崇宁:宋徽宗赵佶年号(1102—1106)。⑭ 徐熙:南唐名画家,善画花木、禽鱼、蜂蝶、蔬果。⑮ 信宿:两日两夜。再宿为信。

后屏居乡里十年[①],仰取俯拾[②],衣食有余。连守两郡[③],竭其俸入,以事铅椠[④],每获一书,即同共是正勘校,整集签题[⑤]。得书画、彝鼎,亦摩玩舒卷[⑥],指摘疵病,夜尽一烛为率[⑦]。故能纸札精致,字画完整,冠诸收书家。余性偶强记,每饭罢,坐归来堂[⑧],烹茶,指堆积书史,言某事在某书、某卷、第几页、第几

行，以中否角胜负⑨，为饮茶先后。中即举杯大笑，至茶倾覆怀中，反不得饮而起。甘心老是乡矣⑩，故虽处忧患困穷，而志不屈。

【注释】

① 屏居：不做官，退居乡里。徽宗大观元年(1107)三月，赵挺之罢相逝世后，李清照夫妇服丧居住在青州乡里。② 仰取俯拾：《史记·货殖列传》说，鲁人风俗俭啬，其中曹邴氏尤为俭啬，富至巨万，然而家中自父兄子孙都需俯有所拾，仰有所取。故仰取俯拾意为勤俭节约，博取无遗。③ 连守两郡：从宣和初到靖康元年，赵明诚连任莱州、淄州两州知州。④ 铅椠(qiàn)：铅为铅条，椠为木板，均为古代印书的工具。铅椠：意为刻印书籍。⑤ 签题：在书上亲笔署名叫签，写在书前面的文字叫题。⑥ 摩玩：抚摩玩赏，表示得到彝鼎时的喜悦之情。舒卷：打开卷拢，得到书画后欣赏时的动作。⑦ 率(lǜ)：一定的标准。⑧ 归来堂：赵明诚故乡青州宅第的名称。⑨ 中(zhòng)：猜对。角：比赛。⑩ 是乡：此乡，文中指书史之乡。

收书既成，归来堂起书库大橱，簿甲乙①，置书册。如要讲读，即请钥上簿，关出卷帙②。或少损污，必惩责揩完涂整，不复向时之坦夷也。是欲求适意，而反取憀栗③。余性不耐，始谋食去重肉，衣去重采，首无明珠翡翠之饰，室无涂金刺绣之具。遇书史百家，字不刓阙④，本不讹谬者，辄市之，储作副本。自来家传《周易》、《左氏传》，故两家者流，文字最备。于是几案罗列，枕席枕籍，意会心谋，目往神

授，乐在声色狗马之上。

【注释】

① 簿甲乙：意为分类编目录，登记造册。② 卷帙(zhì)：书籍。③ 憀栗(liáo lì)：惊惧不安。④ 刓(wán 完)阙：磨损、缺少。

至靖康丙午岁①，侯守淄川②，闻金寇犯京师③，四顾茫然，盈箱溢箧，且恋恋，且怅怅，知其必不为己物矣。建炎丁未春三月④，奔太夫人丧南来，既长物不能尽载⑤，乃先去书之重大印本者，又去画之多幅者，又去古器之无款识者；后又去书之监本者⑥，画之寻常者，器之重大者。凡屡减去，尚载书十五车。至东海⑦，连舻渡淮⑧，又渡江⑨，至建康⑩。青州故第尚锁书册什物⑪，用屋十余间，期明年春再具舟载之。十二月，金人陷青州，凡所谓十余屋者，已化为煨烬矣。

【注释】

① 靖康丙午岁：即靖康元年，公元 1126 年。② 淄川：宋时又名淄州，今山东淄博市。③ 京师：指北宋京城汴州，今河南开封。④ 建炎：南宋高宗赵构年号。建炎丁未，即建炎元年，公元 1127 年。⑤ 长(zhàng)物：多余之物。⑥ 监本：宋代国子监刻印的书，称为监本，公开出售，故较易得。⑦ 东海：今江苏东北部与山东连接的一带。⑧ 连舻(lú)：指船很多，前后相衔在一起。舻：船前头刺棹处。淮：淮水。⑨ 江：长江。⑩ 建康：今江苏南京。⑪ 青州：今

山东益都。故第：老家、旧家。

建炎戊申秋九月①，侯起复知建康府②。己酉春三月罢③，具舟上芜湖④，入姑孰⑤，将卜居赣水上⑥。夏五月，至池阳⑦，被旨知湖州⑧，过阙上殿。遂驻家池阳，独赴召。六月十三日，始负担，舍舟坐岸上，葛衣岸巾⑨，精神如虎，目烂烂，光射人，望舟中告别，余意其恶，呼曰："如传闻城中缓急奈何⑩？"戟手遥应曰⑪："从众。必不得已，先弃辎重⑫，次衣被，次书册卷轴，次古器，独所谓宗器者⑬，可自抱负，与身俱存亡，勿忘失也。"遂驰马去。途中奔驰，冒大暑，感疾，至行在病痁⑭。七月末，书报卧病。余惊怛⑮，念侯性素急，奈何病痁，或热，必服寒药，病可忧。遂解舟下，一日夜行三百里。比至，果大服柴胡、黄芩药⑯，疟且痢，病危在膏肓⑰。余悲泣，仓皇不忍问后事。八月十八日遂不起⑱，取笔作诗，绝笔而终，殊无分香卖履之意⑲。

【注释】

① 建炎戊申：即建炎二年，公元 1128 年。② 起复：旧时官员守丧期满复职，叫起复。当时赵明诚守母丧期满。③ 己酉：建炎三年，公元 1129 年。④ 芜湖：今安徽芜湖。⑤ 姑孰：今安徽省当涂，因有姑孰溪，故称。⑥ 卜居：选择住处。赣水：今江西之赣江。⑦ 池阳：今安徽池州。⑧ 湖州：今浙江湖州。⑨ 岸巾：古人巾帻都覆额，露出额的头巾，叫岸巾，表示不受拘束的打扮。⑩ 缓急：偏义复词，意紧急。⑪ 戟手：用食指中指指点，手形如戟，故称戟手。

⑫ 辎(zī)重：外出时带的包裹箱笼。⑬ 宗器：古代帝王宗庙祭祀礼乐之器，如钟磬之类。此指拓本。⑭ 行在：帝王行宫所在，当时高宗的行在在建康。病痁(diàn)：病：名词作动词用，即患病。痁：疟疾。⑮ 惊怛(dá)：惊恐。⑯ 柴胡、黄芩(qín)：药名，均为去热的寒药。⑰ 膏肓(huāng)：膏、肓为人体的两个部位，膏在心下，肓在心脏和隔膜之间，膏之下，隔之上，是古代药物效用不能达到的地方，故形容病势严重，已不能医治。⑱ 不起：谓病重临终。⑲ 分香卖履：曹操临终遗令说："余香可分与诸夫人，诸舍中无所为，学作组履卖也。"后人借指关于家事的遗嘱。

葬毕，顾四维，无所之。朝廷已分遣六宫[①]，又传江当禁渡。时犹有书二万卷，金石刻二千卷，器皿茵褥可待百客，他长物称是。余又大病，仅存喘息，事势日迫。念侯有妹婿任兵部侍郎，从卫在洪州，遂遣二故吏先部送行李往投之。冬十二月，金寇陷洪州，遂尽委弃。所谓连舻渡江之书，又散为云烟矣。独余少轻小卷轴、书帖、写本李、杜、韩、柳集，《世说》、《盐铁论》[②]、汉唐石刻副本数十轴，三代鼎鼒十数事，南唐写本书数箧，偶病中把玩，搬在卧内者，岿然独存[③]。

【注释】

① 六宫：皇后妃嫔居住处，皇帝后宫的总称。分遣六宫，指建炎三年七月，隆裕太后逃往洪州(今江西南昌)事。②《世说》：即南朝宋刘义庆编撰的《世说新语》。《盐铁论》：汉桓宽著。③ 岿(kuī)然：原为高峻独立的样子。文

中指仅存的书画突现在眼前。

上江既不可往①，又虏势叵测②，有弟迒任敕局删定官③，遂往依之。到台④，台守已遁⑤。之嵊出陆⑥，又弃衣被，走黄岩⑦，雇舟入海，奔行朝⑧，时驻跸章安⑨。从御舟海道之温⑩，又之越⑪。庚戌十二月⑫，放散百官⑬，遂之衢⑭。绍兴辛亥春三月⑮，复赴越，壬子赴杭⑯。先侯疾亟时⑰，有张飞卿学士⑱，携玉壶过视侯，便携去，其实珉也⑲。不知何人传道，遂妄言有颁金之语⑳，或传亦有密论列者㉑，余大惶怖，不敢言，亦不敢遂已，尽将家中所有铜器等物，欲赴外庭投进㉒。到越，已移幸四明㉓，不敢留家中，并写本书寄嵊县。后官军收叛卒，悉取去，闻尽入故李将军家。所谓岿然独存者，无虑十去五六矣。惟有书画砚墨，可五七簏，更不忍置他所，常在卧榻下，手自开阖。在会稽㉔，卜居土民钟氏舍，忽一夕，穴壁负五簏去矣。余悲恸不已，重立赏收赎。后二日，邻人钟复皓出十八轴求赏，故知其盗不远矣。万计求之，其余遂牢不可出，今知尽为吴说运使贱价得之㉕。所谓岿然独存者，乃十去其七八。所有一二残零不能部帙书册，三数种手书帖，犹爱惜如护头目，何愚也耶！

【注释】

① 上江：当时李清照在建康，上江指到南京以西的上游长江。② 叵(pǒ)测：不可预测。③ 迒(háng)：有的本子作“近”。敕局删定官：属尚书省，职能是“裒集(聚集)诏旨，纂类成书”。④ 台：宋台州，今浙江临海。⑤ 台守：当时

台州守为晁公为。已遁：指已经弃城逃走。⑥ 嵊：各本作“剡”。嵊即今浙江嵊州。⑦ 黄岩：今浙江黄岩。⑧ 行朝：即行在。⑨ 驻跸（bì）：跸：帝王出行时开路清道，禁止行人往来，因此跸指帝王车驾。驻跸：帝王出行时住宿下来，即驻扎的意思。当时赵构暂住在章安镇（今黄岩、临海一带）。⑩ 温：今浙江温州。⑪ 越：宋时越州，今浙江绍兴。⑫ 庚戌：为建炎四年，公元 1130 年。⑬ 放散百官：这年朝廷下令自郎以下官吏得自便，不须随皇帝行动。⑭ 衢：今浙江衢州。⑮ 绍兴：南宋高宗年号（1131—1162）。绍兴辛亥即绍兴元年（1131）。⑯ 壬子：为绍兴二年，公元 1132 年。⑰ 亟（jí）：急，危急，指赵明诚病危时。⑱ 张飞卿：阳翟人，喜书画。学士：宋制三馆职事皆称学士，元丰改官制后，秘书省职事称学士，后来学士几为泛称。张飞卿可能曾任馆职，而名位不显，故虽称学士，而各书都未载其人行事，或未为馆职而人以学士泛称之。⑲ 珉（mín）：似玉之石。⑳ 颁金：有的本子作“颂金”。以玉壶赠给金人而得赏，这是通敌的行为。㉑ 论列：宋代言官上书检举弹劾叫论列。㉒ 外庭：朝廷。有别于内庭、宫庭而言。㉓ 移幸：君王所至曰幸。移幸，即移位。四明：今浙江宁波。㉔ 会稽：今浙江绍兴。㉕ 吴说：当时著名的书法家，所书自成一体，叫“游丝书”。因任福建路转运判官，故称运使。

今日忽阅此书，如见故人。因忆侯在东莱静治堂①，装幖初就，芸签缥带②，束十卷作一帙。每日晚，吏散，辄校勘二卷，跋题一卷，此二千卷有题跋者，五百二卷耳。今手泽如新③，而墓木已拱，悲夫！昔萧

绎江陵陷没，不惜国亡而毁裂书画[4]；杨广江都倾覆，不悲身死而复取图书[5]。岂人性之所著，生死不能忘欤？或者天意以余菲薄，不足以享此尤物耶？抑亦死者有知，犹斤斤爱惜，不肯留在人间耶？何得之艰而失之易也！

【注释】

① 东莱：即莱州，今山东掖县。静治堂：莱州府衙中的堂名。② 芸签：书签的别称，古人藏书多用芸香驱蠹虫，所以称书籍为芸编，称书签为芸签。缥带：用青白色帛做的系书囊的带子。③ 手泽：原意为手汗所润泽。手泽如新，指赵明诚亲手题跋校勘的字迹，色泽犹新。④ 萧绎：南朝梁元帝萧绎即位于江陵，博览群书，整日著书、赋诗、作画，对政治、军事不大关心，在位三年。公元554年，魏兵攻陷江陵，萧绎聚图书十四万卷焚毁，自己被虏身死。⑤ 杨广：即隋炀帝，他于大业十二年(616)游江都，十四年为宇文化及所杀，死于江都，故云江都倾覆。杨广平日酷爱书史，虽积如山丘，然一字不许外出，平日藏书画极富，游江都时携行，中途船覆，大半淹没，余为宇文化及所得。

呜呼！余自少陆机作赋之二年[1]，至过蘧瑗知非之两岁[2]，三十四年之间，忧患得失，何其多也！然有有必有无，有聚必有散，乃理之常；人亡弓，人得之[3]，又胡足道。所以区区记其终始者，亦欲为后世好古博雅者之戒云。绍兴五年玄黓壮月朔甲寅日易安室题[4]。

【注释】

① 陆机作赋：西晋诗人陆机二十岁作《文赋》。此句即指自己十八岁与赵明诚结婚。② 蘧瑗：春秋卫国大夫，名伯玉，他五十岁时而知四十九年之非。超过蘧瑗知非之年二岁，即五十二岁，也就是李清照写后序之年。③ 人亡弓，人得之：《孔子家语》卷二："楚王出游，亡弓，左右请求之。王曰：'止！楚人失弓，楚人得之，又何求之？'孔子闻之，惜乎其不大也，不曰：人遗弓，人得之而已，何必楚也。"文中李清照以人亡弓，人得之的道理来宽慰自己。亡：失落。④ 绍兴五年：即公元 1135 年。玄黓（yì）：干支纪年的别称，太岁在壬叫玄黓。壮月：即八月。易安室：李清照居室名，用来自称。

【翻译】

前面三十卷《金石录》是怎样的著作呢？是赵侯德甫所著的书。它辑录了上自夏、商、周三代，下到后梁、后唐、后晋、后汉、后周五代的钟、鼎甗、鬲、盘、匜、尊、敦等各种古代铜器上镂刻的文字，以及碑碣上所刻的显要人物或无名之辈的事迹，共计金石拓本二千卷。全都经过订正讹误，挑选评价，凡是上合乎圣人之道，下可以用来订正历史学家的失误的，全都收录在内，真是洋洋大观了。从王播、元载的灾祸后，书画同胡椒没有差别；和峤的钱癖与杜预的《左传》癖又有什么不同？名称上虽然不同，迷恋成为癖好则是一样的。

我在建中辛巳年嫁到赵家，当时先父任礼部员外郎，公公任吏部侍郎，丈夫明诚二十一岁，在京城太学里当学生。赵、李两族清寒，一向清贫节俭。明诚每逢初一、十五请假出来，典卖衣服得五百钱，到相国寺买碑文果物，回来后，两人相对赏玩书画，品味果品，自称是与世无争、悠然自得的葛天氏时代的人。两年后，明诚出仕做官，就立下了吃蔬菜、穿粗衣，走遍边远人迹很少到的地方，搜尽天下先秦文字的大志。日积月累，逐渐增加积藏。当时公公身居要职，亲戚故友有在主管宫廷藏书馆阁中任职的，因此常有亡佚的诗、散失的史料，和鲁恭王从孔子家中以及汲郡人从魏襄王墓中挖出来的书里所没有的书，于是我们尽力抄写，愈来愈觉得有兴味，而不能自己停止。后来，有时发现名人书画，夏、商、周三代的珍奇器物，也还是脱下衣服去交换。曾记得宋徽宗崇宁年间，有一人拿了南唐名画家徐熙画的牡丹图来，出价二十万，当时即使富贵人家的子弟，要二十万钱，也岂能轻易得到？名画留下两昼夜，终因想不出办法而退还原主。夫妇二人相对惋惜、懊丧了好几天。

后来退居乡里十年，仰有所取，俯有所拾，克勤克俭，因而经济有余，明诚接连任两州的知州，尽其俸禄收入，用来刻印书籍。每获得一部古书，就共同订正校勘，集成整理，便题上书名。凡是得到书画、彝鼎，也翻来覆去抚摩玩赏，指点疵病，每晚工作以点尽一支蜡烛为标准。所以能做到纸札精致，字画完整，在藏书家中名列第一。我幸而记忆力强，常常在饭后，坐在归来堂上煮茶时，指点堆积的书史，说某事在某书、某卷、第几页、第几行，以猜中与否比赛胜负，决定饮茶先后。猜中后便举杯大笑，笑到茶杯倒入怀中，反而饮不成茶而起来为止。我们甘心老死在这书史之乡了，所以虽处在忧患困窘之中，却志向不屈。

收集到书籍以后，归来堂上便放置书库大橱，将书分类编目，登记造册。如果要阅读，就领出钥匙，并在簿册上登记，然后领出书籍。有时稍有损污，一定责成损污者将损污处揩拭干净，作为惩罚，不再像以前那样随便了。这是想求惬意却反受拘束、担心事。我缺少耐性，于是开始谋划节约开支，菜饭去掉第二道荤菜，衣服去掉第二件锦衣，头上没有明珠翡翠的装饰，室内没有描金刺绣的器具。遇见经史子集各种古书，只要字没有磨损缺少，版本不是错误百出的，就买下来，储藏起来作为副本。赵家从来有家传《周易》、《左氏传》，所以这二种书，最为齐备。各种书籍在桌上、几上到处陈列，在枕席之上纵横堆放，体会思考、眼光精神都集中在这些书上。其中的乐趣，远在声色狗马之上。

到靖康丙午年，明诚任淄川太守，听说金兵侵犯京城，我俩环顾四周，茫然不知所措。面对整箱满箧的书物，又依恋，又怅惘，知道这些东西必将不再归自己所有了。建炎丁未年春三月，明诚南下奔太夫人丧，既然多余之物不能全部装去，于是首先去掉书籍中重复和大部头的，又去掉画中篇幅多的，又去掉古器中没有刻铭文的，后又去掉书中的监本，画中平常的，器具中又重又大的。经几次减少，还是装了十五车。到得东海，前船接后船渡过淮水，又渡长江，到建康城。在青州老家还用了十余间房屋锁藏了书籍杂物，等待次年春天再用船装运。十二月，金人攻陷青州，这十余间屋子的书籍杂物，都被烧为灰烬了。

建炎二年秋九月，明诚守丧期满复职任建康知府。三年三月罢职，乘船上芜湖，进入姑孰，准备在赣江一带择屋居住。夏季五月到池阳时，被皇帝圣旨授为湖州知州，要到宫廷朝见皇帝。于是把家安顿在池阳，一个人去应召。六月十三日，开始挑担陆行，他离船坐在岸上，穿着夏布衣服，头巾露出额头，神态虎虎有生气，目光炯炯照人，望着舟中告别。我情绪很坏，高声问道："如果听到城中有紧急的情况，怎么办?"他伸着两个指头指着我远远答应说："跟随大家，实在不得已时，先抛弃包裹箱笼，其次弃衣被，其次弃书画，其次弃古器，独独这些古代帝王宗庙铜器的拓本，要自己携带，与人共存亡，不要忘记了!"于是骑马奔驰而去。他在途中奔驰，冒着酷暑，因而感染得病，到行宫时患了疟疾。七月末，书信传来说明诚已经卧病在床。我惊恐万分，想着他怎么会患疟疾的呢？明诚素来性急，或有发热，他一定服用寒药，如果这样，疾病就可让人担心了。于是乘船而下，一昼夜航行三百里。一到知道他果然吃了大量的柴胡、黄芩，因此疟疾加痢疾，病情危险已入膏肓。我悲伤哭泣，匆忙慌张也不忍心问及后事。八月十八日，他病笃将死，取笔作诗，绝笔而终。临终时没有一点嘱咐家事应如何安排的意思。

安葬完毕，我没有地方可去。当时朝廷已遣散后宫六院，又传言长江要禁止航渡。那时我还有二万卷书、二千卷金石刻文拓本，器具被褥足可以接待一百位客人，其他多余之物也大致相当。我又患大病，只存一口气。局势一天比一天紧急，想到明诚有妹婿任兵部侍郎，扈从侍卫隆祐太后在洪州，于是派遣两位旧日部属先押运行李去投奔他。冬季十二月，金兵攻陷洪州，于是运去的东西全部丢弃。所谓船连船渡江运来的书籍，又云散烟消一样散失了。只有稍许轻小的书画字帖、李白、杜甫、韩愈、柳宗元集子的抄本、《世说新语》、《盐铁论》，汉唐石刻副本数十轴，夏、商、周三代鼎器拓文十几件，南唐手抄本书几箧，这些我病中偶有玩赏，搬在卧室内的，岿然独存。

上游已经不能去，而敌人的走势又不可预测。想到有弟弟远任敕局删定官，于是前去依靠他。到台州时，台州太守已逃走。到嵊县，又丢弃衣被，赶到黄岩，雇舟海行，奔向朝廷所在地。当时皇帝驻跸在章安。跟着皇帝的船航行到温州，又到越州。建炎四年十二月，朝廷放散百官自便行动，于是到了衢州。绍兴元年春三月，又到越州，二年，到杭州。先前明诚病危时，有个张飞卿学士携带玉壶来看望他，离开时就带走了，那其实是只石壶。不知何人误传，于是便有把玉壶送给金人通敌的胡说，有人传有秘密检举此事的，我十分惊惶恐惧，不敢说，也不敢就此罢休，于是拿了家中所有铜器等物，欲向朝廷呈献，表明心迹。到越州后，皇帝已转到四明，这些铜器不敢留在家中，与手抄本一起寄放在嵊县。后来官军平定叛乱的士卒时，全部拿走，听说全到了原来的李将军的家里。所谓岿然独存的，不下十分之五六又丢了。只有书画砚墨，约五七麓筐，再舍不得置放在别的地方，常放在卧榻下，亲手开关。在会稽，择居在当地土民姓钟的房子里。忽然有一夜，壁被挖了个洞偷去五麓筐，我悲恸不已，便重赏收赎这些东西。两天后，邻人钟复皓拿了十八轴书画求赏，因此知道那个盗贼不在远处。想尽方法求取，其余的终于未再出现,现在知道全被吴说运使贱价购买去了。所谓岿然独存的,已经是去掉十之七八了。留下的一二残零不成套的书册,三几种算不得佳品的书帖,还照样爱惜得像保护头与眼睛一样,是多么的傻啊!

今天忽然翻开这本书,如同遇见故人。因而想到明诚在东莱静治堂时,装裱初成,插上书签,用青白色的带子束十卷成一帙。每天晚上衙吏散去后,就校勘两卷,写题跋一卷。这二千卷中,有题跋的就有五百零二卷啊。如今字迹如新,而他墓前的树木却已长得可两手合抱了。可悲啊!从前萧绎在江陵被魏兵攻陷时,他不惋惜国家的灭亡,却烧毁了自己的书画;杨广游江都遭到覆亡,不悲身死,还随带图书。难道人的精神所寄托的东西,是生生死死都不能忘记的吗?或者是天意以为我命薄,没有福气享受这些稀世珍品呢?也许是死者有灵,还斤斤爱惜,不肯将它们留在人间呢?为什么得到时如此艰难,散失时却如此容易呵!

唉!我自从比陆机作赋时小二岁起,到超过蘧瑗知道自己以前全不对之年两岁止,三十四年之间,经历的忧患得失,何等多啊!然而有有必定有无,有聚必定有散,这是常理;有人丢了弓,有人得到弓,又有什么可说的。所以念念不忘地记下这些金石聚散始终的原因,也想让它作为后世爱好古董追趋雅趣的人士的诫鉴罢了。绍兴五年玄黓壮月朔甲寅日易安室题。

编 后 记

2011年我社出版了“古代文史名著选译丛书(134种)”,该丛书是由全国高校古籍整理委员会主持,汇集北京大学、复旦大学等十八所高校古籍所专家学者力量完成的一部高水平、高质量的传统文化普及读物。出版后也得到了读者认可,获得业内好评。

该丛书于2016年入选国家新闻出版广电总局评选的“首届向全国推荐中华优秀传统文化普及图书”名单。为了更好地传播优秀传统文化,我们从中精选了30种文史经典,重新修订、设计,作为珍藏版呈现给读者。

中华优秀传统文化不仅是中华民族的宝贵财富,也是中华民族的精神家园。凤凰出版社谨向为本丛书的编辑出版付出巨大心血的专家学者致以崇高敬意!

古代文史名著选译丛书（珍藏版）书目

书名	译注者	审阅者
论语注译	孙钦善	宗福邦
老子注译	张玉春　金国泰	安平秋
庄子选译	马美信	章培恒
孟子选译	刘聿鑫　刘晓东	黄　葵
荀子选译	雪　克　王云路	董治安　许嘉璐
诗经选译	程俊英　蒋见元	刘仁清
楚辞选译	徐建华　金舒年	金开诚
左传选译	陈世铙	董治安
史记选译	李国祥　李长弓　张三夕	安平秋
汉书选译	张世俊　任巧珍	李国祥
后汉书选译	李国祥　杨　昶　彭益林	许嘉璐
三国志选译	刘　琳	黄　葵
资治通鉴选译	李　庆	黄永年
文心雕龙选译	周振甫	黄永年
世说新语选译	柳士镇　钱南秀	周勋初
颜氏家训选译	黄永年	许嘉璐
陶渊明诗文选译	谢先俊　王勋敏	平慧善
李白诗选译	詹　锳等	章培恒
杜甫诗选译	倪其心　吴　鸥	黄永年
李商隐诗选译	陈永正	倪其心
王维诗选译	邓安生　刘　畅　杨永明	倪其心
苏轼诗文词选译	曾枣庄　曾　弢	章培恒
李清照诗文词选译	平慧善	马樟根
辛弃疾词选译	杨　忠	刘烈茂
王阳明诗文选译	吴　格	章培恒
唐才子传选译	张　萍　陆三强	黄永年
徐霞客游记选译	周晓薇　马雪芹　焦　杰	黄永年　马樟根
阅微草堂笔记选译	黄国声	安平秋
西厢记选译	王立言	董治安
聊斋志异选译	刘烈茂　欧阳世昌	章培恒